新　潮　文　庫

愛しの陽子さん

yoshimotobanana.com 2006

よしもとばなな著

新　潮　社　版

8341

目次

本文カット

山西ゲンイチ

愛しの陽子さん

yoshimotobanana.com 2006

Banana's Diary

2006,1-2006,12

1,1－3,31

2006年1月1日

実家で、あまりにも満腹になって床に突っ伏して寝てしまった。目が覚めると父も床に寝ころんでぐうぐう寝ているし、ヒロチンコさんも座ったままうたた寝をしていて、チビがいない。二階に行くと母は自分の部屋でＴＶを見ながら休んでいて「今なんかすごい音がしたわよ」と言っている。そして姉の部屋ではチビと姉がなんだかどきどきした感じで「きけんだったね〜」と言い合っている。見ると姉のふとんに焦《こ》げた穴があいていて、姉が「外に向かって花火をしていたんだよ」と言う。初夢以上にシュールなひとときだった。

1月2日

結子が遊びに来て、チビおおはしゃぎ。
子供がどうしてほしいかほんとうによくわかっている、結子のすばらしい遊びぶりに感動しながらも、母親はつい上からものを言ってしまうなあ、としみじみ思う。

そしてみんなでウルトラマンタロウを観《み》て、つっこみまくる。ウス怪獣モチロンの回だった。餅《もち》が奪われたくらいでわざわざウルトラの父とか出てきて、さらには月から南さんまでやってきていた。で、餅をつくためにでっかく変身していた。昔は「まるで深刻さがないタロウは深みがなくて面白くない」と思っていたけれど、今は、そう思わなかった。これこそが平和な時代の人が作ったものなんだなと思ってとにかく楽しく観る。

1月3日

「迷宮百年の睡魔」を徹夜で読んでしまった。なんと面白いのだろう！　同じようにモン・サン・ミシェルに行ったのに、こんなすごいこと考えつくなんて大天才だ。あぁ、ウォーカロンの猫が欲しいなあ！　って、これじゃ素人のブログだよ！　正月ぼけてるよ！

おじさんと大島さんとみゆきちゃんが来ていて、とてもにぎやかで活気があり、母も疲れながらも笑顔だ。

腰痛について話していたら石森さんが、

「痛いのっていやだな、どうして腰痛は気持ちよくないんだろうなあ、疲れマラみたいに」

と言い、体調のよくないみゆきちゃんが真顔で、

「体の限界を知らせるために痛みがあるんだから、快楽だったらだめじゃないですか」

と言った。ううむ。個性がよく出ている会話だ。

1月4日

ヤマニシくんが来てくれたので、伊勢丹へ行き、ヒロチンコさんの誕生日プレゼントを買う。伊勢丹はおそろしく混んでいて、人びとの物欲の波にはじめはひいた。ひいて、帰ろうかとさえ思った。というのも渋滞のタクシーに乗っていたらとても腰が痛く、おみくじは凶だったし、なんだかこのところのいろいろなことがつらくなってきて、涙が止まらなくなったのだった。しかし！　ここまで来たのだから！　と香水など選んでいるうちに意味もなく復活してきた。そしてヒロチンコさんにプレゼントを買う頃にはかなり上向き、一年熟成チーズケーキを買う頃には幸福にさえなり、さらにもう元気出そう、去年のどん底のときにしてた指輪も換えよう、と散財して指輪

まで買い、生ソーセージも買い、帰宅した。帰ったらヤマニシくんが顔色悪く腹を減らしていたが、それでもヤマニシくんがいて幸せだった。人の幸福不幸は健康や経済状態とは実は関係がないし、普通日記には人はほんとうのことを書かない（私を含め）。それでもたとえば森先生の日記や貞奴《さだやっこ》さんの日々雑記やしょこたんのブログなど見ていると幸せになるのはなぜだろう？　と思う。

1月5日

チビラくんが「タロウを観るの～」と言っているのに、パパが「ちょっとこれ観たいなあ」と言って、タロウのＤＶＤの付録についているおじいさんになった篠田三郎のインタビューをえんえん観ていたら、チビが寝入ってしまった。気の毒～。

「考える人」のメールマガジンを観ていたら、松家さんのお正月の模様がおそろしくリアルに描かれていて、小説を読んだかのような読後感をおぼえた。いいなあ、今から松家さんちの子になりたいなあとしみじみ思う。そんなにものすごく年齢が離れているわけではないんだけれど、松家さんのやることなすことが全部、私が幸福だった時代の生活の感じ（経済的な意味ではなく、あくまでムード）なのだ。

1月6日

昼間もうぜんと仕事をして、夕方はともちゃんとお茶をする。

フードスタイリスト、料理人、店での調理、TV、雑誌の撮影などなど、食べ物のことをいろいろやってきたともちゃんの仕事の話は、なにからなにまでとても参考になる。そして、もしも作家になっていなかったら飲食に関係のある仕事をしていたんだろうな、と自分のことをしみじみといつも思う。「キッチン」を書くときもともちゃんに取材したものだった。

そして夜はTくんにチビをたくしてタロウ責めに合わせているあいだに、やっと文房具を買いたしに行く。腰が痛くて大きなものが運べなかったので、少しずつ実現している感じだ。そういえば昨日懐《なつ》かしい猿楽《さるがく》珈琲《コーヒー》にやっと行けて、おいしい珈琲を飲んだら、なんだか時間が流れ出したような感じがした。Tくんが帰ったらチビがすぐに真顔で「チビちゃんはタロウになれるのかな?」と聞いてきたので、「多分種族が違うから無理だと思う」と答えておいた。

1月7日

慶子さんとごはんを食べて、泣きながら新年の誓いをたてる。ふたりともいい人過ぎて、ほとんど天然記念物だ（自分で言うのもなんだけれど）。よくこのふたりがいっしょにやっていた頃の事務所が慈善事業になってしまわなかったものだ、と思う。もしくは男の人にふたりまとめてだまされて倒産とか。そのくらい気のいいふたり。そして、そんな慶子さんがいつまでも大好きだ。

夜、チビが熱を出したので、七草がゆを食べに行くのをやめて看病。

顔が真っ赤でぐったりしているのに、さっき私が五百円で買ってきたゼットンを握りしめてかすかな声で「これ……ゼットン、ママが買ってきてくれた……ありがとございま〜す」と言っていた。泣かせるなあ、笑わせるというか。

そしておかゆを食べながら大ゲロを吐き、後におかゆを「もう一回食べてみる？」とたずねたら「ゲロ吐いちゃうからいいです」と敬語で言われた。かわいそうだがかわいい。冷やしてつきそっていたら、熱が下がってきたので夜明けに寝た。お母さんのお仕事だ。

1月8日

ヒロチンコさんにもらった新しいトレーナーを着ていたら、チビがやってきて「ママ、そのシャツ似合っているよ」と言ってくれた。わかってるのだろうか。
陽子さんが来てくれたので、シドニーから一時帰国のスズキさんとお茶をしにいく。スズキさんはもはや日本人ではない感覚なので、でもベースには古き良き日本人の感じがあるので、ものすごく話しやすい。いっしょに下北チャカティカに行き、田中さんに新年の挨拶《あいさつ》をした。

このところ人事が荒れていたので、チビは不安だったのだろう。お正月で来ない陽子さんのことを「いそがしくなったのかな、遠くへいっちゃったのかな」と何回も聞いてきた。切なくなりながらも「大丈夫、日曜日に来るよ」と答えていたら、ほんとうに来たときに飛び上がって喜んでいた。私も嬉《うれ》しかった。

1月9日

なにもないと平和すぎてこわいと思う。いけないいけない、まずこの体質から改善だ、と思い、つとめてまったりと過ごす。仕事もさくさくとやり、午後は散歩に出かける。ブッククラブ回で興味深い本をたくさん買い、外反拇趾《がいはんぼし》がひどいので靴も買い、ランチもしっかりと食べた。これが普通、普通の状態、と自分に言いきかせる。

いちばん興味深いのはリナックスを作った人の「それがぼくには楽しかったから」

という本だった。あまりにもフィンランドの人っぽすぎる。そしてなんとなく未来の匂《にお》いがする人だ。今読んでいる森先生の「四季シリーズ」の四季さんとも数々の共通点がある。というか、森先生との共通点が多い。

1月10日

フラ。腰がすわらないので、私だけすごく車高が高い状態で踊る。美しい人びとを見て目が癒《いや》される。私の目はこのところウルトラ六兄弟しか観ていないからだ。洗脳ってこうやって成されるんだなあ。りかちゃんを見て「から揚げ食べたいなあ」と思っていたら、オガワさんもそう思っていた。胃カメラなので飯を抜いているそうで、気の毒、目の毒であった。

チビが掃除機を見ていきなり「この装置はなんだ！」と言っていたが、これはタロウの見過ぎであろう。すごい装置を使って掃除をしているわけではないのです。

1月11日

大橋先生のレシピ、鶏《とり》のバルサミコ煮がいつもいまいちうまくできなかったのは、にんにくを惜しんでいたからだ！　ということがわかったが、そのせいでみんなにんにくさくなった。ヤマニシくんまでもが。晩ご飯を食べていったのが運のつき、というくらいの量のにんにくを入れたらうまくいったのだった。

郵便を取りに行くとき、チビに「バイバイ！　ママ行っちゃうよ！」と冗談で言って出て行ったら、えんえん泣かれた。仕事で出るときはどんなに長い時間でも泣かないのに、きゅんとした。いつもは「すぐ帰ってくるね」と言って出るのだ。それを本気で全身で聞いてるんだ、子供ってすごい、とまた反省した。

でも反省した百倍くらい「さっき、ママ、バイバイって行っちゃった、チビちゃんはえんえん泣いたよ、かわいそうに、かわいそうに↑《自分で言ってる！》」と百回くらいねちねちと言われたので、痛み分け。

1月12日

宮本亜門さんと対談をした。気配りがものすごく上手で、オープンでとてもとてもいい人だった。なんというか、すごく男らしい人だな、と思った。言わないことは言わないで、いろいろなことを体験したけれどそれを決して自慢しないで、でもオープンだからどこかお茶目で……という感じだった。作品も観よう、と思った。心から。

M田くんの運転ではりきって現場に向かった。加藤さんもはつらつだった。いろいろ悲しいことがあったけれど、あの悲しいことがなければ、傑作なM田くんとおしゃべりすることも、かっこいいコサカくんに会うことも、優しいTくんに会うこともなかったのか……と思うと愕然《がくぜん》としてしまう。ちょっとしかいっしょに過ごしてないのに、もう知らない人たちには戻れないのだ。人生はすてきだ。

夕方壊れたホースの換えを買いに行ったら、不動産屋の前にたたずむ知ってる人が。ともちゃんだった。くっついていっていっしょに物件を見てしまった。そしてそれはなんと偶然にもベビーシッターのしみこさんも住んでいるマンションだったので、家に寄ってもらい、たまたま今日シッターさんで入ってもらっていたしみこさんに、そのマンションのあれこれをともちゃんといっしょにインタビューをさせてもらった。不思議～……な感じだった！

1月13日

えりちゃんのところに行き、仕事の相談をする。

かわいいピンクのものをはおっていて、新春な感じであった。

まるでパズルを解くように、いろいろなもつれたことが解けていく面白さを味わう。

なにかについて、普通に、対等にしゃべれる人がいると、胸がすくことがあるけれど、彼女の場合はまさにそれで、論理的にかつスピリチュアルにものごとの因果関係がわかってくるのだった。

帰りにチビの幼稚園見学。なかなか清潔でいいところだったので、パンフレットをもらった。ものすごくがんばって英語ができるふりをしたので、へとへとになった。

1月14日

お誕生日の貞奴さんと伊勢丹デートをする。

仕事の話もし、パンをいただき、指輪をプレゼントし、むちゃくちゃ混んでいる伊勢丹の中を泳ぐようにして買い物などする。

こんなエロ美しい女性の誕生日に私がデートしていいのだろうか？

いや、いけないいだろう！　男性たちよ！　しっかりしろ（？）！

好きな人が大人になっていくということは、すばらしいことだ。

せっかく伊勢丹に来たんだから、ウルトラマンタロウとキングのフィギュアを買わなくちゃ、といちばんに思った自分に疑問を持つ。

1月15日

チビと大げんかしながら、陽子さんを待つ。陽子さんが来たら、ふたりとも心では「陽子ちゃ～ん、聞いてよ！」と泣きつきたかったけど、その前にチビと私はいっしいっしょにお茶をしにいって仲直りしてしまったので、気持ちだけもじもじしていた。もじもじに迎えられていることも知らず、陽子さんはにこにこして来た。

ご本人の疑問にお答えして……1月4日の日記に書いたしょこたんは、もちろん中川翔子さんです。ヒトコママンガ描く番組であまりにもうまいのでひとめぼれして、元アイドルおたくの鈴やんに聞いたら、いろいろわかった。しかも、なんと俺の親友のえみちゃんの昔の友達の娘さんだっていうじゃん！ えみちゃんは彼女のパパとも昔ずいぶん遊んでいて、ふたりの子供がアイドルになったと聞いてものすごく喜んでいた。

しかもさ、パパは俺の出身地の隣の中学の有名人。バスケ部だったかな？ 昔からもてていた。それで彼女のパパと同じ本屋に行ったり、同じ「リッチ」のソフトクリーム食べたり、同じ「こむぎこ」のパスタ食ったりしていたんだよね、私。地元だから！

そしてそして、すごいことにうちの姉が（地元だから？）しょこたんのパパのファンクラブに入っていて、姉がそこで知り合った人が私の最愛のチビをとりあげてくれた助産婦さんなんだよね。それも偶然。子供ができたようなのでと飛び込みでいった産婦人科に偶然彼女がいたのであった。

世の中ってすてきですねえ。

1月16日

ホメオパシーのセンターに行って、チビにも私にも花粉症の時期に対応するレメディーをもらった。どうして効くのかわからない、しかし絶対気のせいではない。それは確かだ。体が敏感ならますます効くだろう。

原さんの展覧会に行く。短時間で描いたのにすばらしい絵の数々だった。特にまとめて見るとその色彩がすばらしい。車の中で練習した「原さんすてきですね、すばらしいです」というのをすっごく型どおりにチビが言って「こ～んな心のこもった言葉聞いたことないよ」と原さんが笑っていた。

1月17日

ちはるさんに教えてもらった、ものすごい麻婆豆腐の店に行く。

カウンターしかないので、逃げ場がない。陽子さんも私もしびれて話せなくなった。

人が生涯を通じてうなぎにかける量の百倍くらいの山椒を摂取した。だんだん目まいがしてきた。おいしいまずいでいうとおいしいのだが、それどころではなかった。向こうで食べていた人達も初めてだったらしく、見交わす目と目が同じ気持ちを語っていた。「逃げたい！」

1月18日

英会話、新事務所、フラとかけぬけた一日だった。

英会話はとてもむつかしく、すっかりまた頭から英語が抜けている。台湾から帰ってきたあたりは、ちょっとだけ英語脳になっていたのだが。先生は新年から優しく美しかった。もはやそういうことにしか希望はない。

新事務所はちょっと小ぎれいなマンションで、しばらくここでいい感じを味わおうと思う。二～三年くらいいる予定。加藤さんとハルタさんとしばしの出会いを果たす。ヤマニシくんとパスタを食べて、原宿方面へいっしょに向かう。ヤマニシくんとタクシーに乗っているといつも「子供がふたりで乗ってる」という気分になるのはなぜ？

そして妊娠八ヶ月で習っていて痛恨だった「波」のワークショップに行く。

チビがぞっこんほれているじゅんこちゃんを食い入るように見つめてついていったら、踊れるようになったので嬉しかった。下手だった頃の動きでところどころ覚えてしまっていたので、はじめ我ながらものすごく直線的だったが、だんだんできるようになってきた。頭の中で当時教えてくれたマリ先生の踊りや、家に来て振り付けを教えてくれた慶子さんの踊りがよみがえってきて切なくなった。時は流れているな〜。

1月19日

チビにうつされた風邪が急に炸裂《さくれつ》して、熱が九度近くあった。
もうろうとしながら、百合子さんとえりちゃんとの新年会に行く。ヒロチンコさんが運んでくれた。でも話はスピリチュアルで楽しく、美しい人達を見て心も明るくなり、熱とは関係なくハッピーだった。そしてえりちゃんはさすがで「熱があってあたりまえだ、後にペレと溶岩が見える、ふつふつ燃えている」と当てた。昨日フラに行ったことも、どんとの曲だったことも、どんとの死に方もなにも言ってないのにすごい。そしてそんな影響を受けるほどにすばらしい踊りを踊った気はしない……。

1月20日

言わずにはいられない……。

ホリエモンさんはまだ、まあ、ある程度のことをわかって行動できる大人っぽさがあると言えなくはない。成長の余地を感じないこともない。でも……あの会社のあとの人達の幼さは、ちょっと問題ありだ。

幼さ、それの本質はともかく具体的には、あの人達は、公の場でものすごく株のことだの会見のやり方だのを完璧《かんぺき》に発揮したとしても、一歩舞台を降りて飲み屋に行ったら「あの人、実際会うと、TVで見るよりもちょっとさえねえな！」「××さん程度だろ、ありゃ」「まあさくっとやっときましょう」などという会話を（実際はしないかもしれないけれど）しそうに、ものすごく見えてしまうのである。身内、サークル、なんと呼んでもいいけれども、そこに頼ることができないというのが、大人ということで、頼ることのできないもの同士の会話が、大人の会話だ。

私にも幼い時代があった。そして、こわければこわいほど身内話に落としては虚勢をはった。でも、株でも弁護士でも社長でもなんでもいいが、ほんとうにすごい静かな人びとに出会い、会っているうちに、そういう自分が恥ずかしくなるはずなのだ。狭い世界で、新しいやり方を思いついてしまったので「上はない」というふうに勘違いしてしまったのだろう。あるんだなあ、それが。新しいやり方が有効という話と、優雅だったり実力があるというのはまた別の話だったりする。

　あれではま〜、世界とか天下とかはいずれにしても取れないだろう。

1月21日

　雪だ雪だ！

　大変だけれど、きれいだ。庭が明るい。

　昨日ここぺりに行って魔法の手でもみほぐされたら、なんだかうまく体が動かない。何をしても緩慢になって、いつもの十倍くらいかかる。これはなかなかいい感じだと思い、よく寝た。息苦しくて起きたら、チビがまるっきり体の上に乗っていた。寒かったのだろう。猫みたい。そして足にはゼリちゃんが乗っていた。一晩中温かかったはずだ。

　朝起きたら、もっと緩慢な動きになっていて、びっくりした。

　そしてビデオに撮ったウルトラマンマックスをひとりで観《み》た。ひとりで？　はまっていませんか？　私。画面の上の7:36という表示を眺めてミルクティーを飲みながら、早起き幻想にひたった。

1月22日

ごみ箱を買いに行った。

店頭にある奴《やつ》のふたがゆるんでパカ~とあいたままになっていたので、わざわざカウンターまで行って（それを持たずに）、お姉さんに「外のごみ箱の黄色をください」と言った。するとお姉さんは店頭のをどうぞどうと持ってきた。

私は「これ、もともとふたがあいちゃってるみたいですが」と言った。これでもそうとう控えめな態度だと思う。

お姉さんはあれこれ調整して閉まらないのを確認した後「お客さんがごらんになって~、ほしいとおっしゃったのは~、ふたがあいた状態でしたよね？」と言った。冗談かな~と思ったけれど、目がまじめだったので、

「まさか現品しかないとは思いませんでした。そして、ごみ箱というものの機能からして、ふたがしまってほしいですね」と説明した。ここまで言わないと買えないっていうのも、たいへんな時代になったものだ。そのあとその人ははっと納得して、倉庫まで行って、ちゃんとふたを確認して、いろいろ考えてくれたが、言えばわかる彼女の人生は、これまでだれもなにも言ってくれなかったのだろうか？

上司以上に親が悪いな、と思った。自分の子供には、ちゃんとそういうことを伝えるように、気をつけよう。

1月23日

月兎のホウロウの鍋《なべ》を買った。

ものすごく欲しかったので、嬉《うれ》しかった。大きい物なので、買う前は悩むのだが、買って良かった。赤くて、台所の印象が締まる。

幼稚園の再見学。だんだん決まっていく感じがする。いいんじゃないかな。

このあいだ、幼児教室をひとつのぞいたら、タコ部屋みたいな小さいところで親子が六組くらいぎゅうぎゅう詰めになっていて、絵といっしょに俳句（しかも、旅に病んで、夢が枯れ野をかけめぐるやつね）を暗記していた。人の家のことはわからないけれど、私とチビがそこに座ることはありえないなあと思った。私だったら、チビを将来どういうふうにしたかったら、あんなことをさせるんだろうな〜と思ったが、わからなかった。

1月24日

あまりにも具合が悪くかつ忙しかったので、最後の三十分しかフラに出られなかった。

帰りにふとクムに「サンディー先生って、エビフライがお好きなんですよね？」と言ってから、クムがもう止められないほどにエビフライを欲するまで一秒くらいしかかからなかった。クリ先生を呼びつけてもう閉店になりそうな三田のおいしい店をむりやりに開けておいてもらっていた。なので、その場にいてごはんを食べに行けそうな人みんなでかけつけた。そしてがつがつとエビフライを食べた。おいしかった。三十分の運動、そしてエビフライ二本……とカロリーを計算しようとしたけれど、おいしかったので、忘れよう。

クム「オガワさんって、ほんとうに美人ね！　笑顔が左右対称で」

なぜかオガワさんのとなりのリカちゃんがすかさず「それほどでもないですよ！」という会話に感動した。オガワさんは笑うしかなかった。左右対称の笑顔で……。

1月25日

寒いのに、新潟に行った。

三年ぶりのゆめやさんの、新しくできた離れだ。

すばらしい建物だった。お金の分以上に気配りをして返してもらっている感じがした。こういうおもてなしって、日本だけだろうな〜と感激する。離れなのに、ちっとも淋しくなく、くつろげた。焼き物はワゴンを持ってきて作ってくれる。考え抜かれているので、安心できた。結局、経営している人の知性とセンスを信じられれば、くつろげるということなのだなあ。

唯一《ゆいいつ》の問題点は「暖炉の火の調節がめっちゃむつかしい」ということだったが、うちにはヒロチンコさんがいたので問題なかった。

1月26日

寝不足なはずなのに、全然疲れない。これは宿と湯のよさだと思う……。ありがとうと言って帰りたい宿だ。

チビもいっしょに何回もお湯に入って喜んでいた。風邪も吹き飛んだ。陽子さんとずっと女囚ごっこをした。すごいピンク色のパジャマを着ていたら、ふたりとも悲しいほどに中年の女囚にそっくりだったのだ……。

朝チビが泣きながら起きてきて「ママ〜、いなくなってた〜」と言ったので、胸がきゅうとなった。

帰りの新幹線でチョコ柿《かき》の種と梅コンブかっぱえびせんと安田のシュークリーム（ミーハーだなあ）を食べながら、ビールを飲んだ。旅の醍醐味《だいごみ》だ。

1月27日

ボーイ・ジョージの音楽の舞台を撮った映画を観にいった。若き日のボーイ・ジョージをやってた人が、尋常ではなく女装したアレちゃん（見たことないけど、絶対に！）に似ていた。アレちゃんに会いたくてしかたなくなった。

夜はスイセイさんの展覧会に行く。

スイセイさんの作品は、なにもかもが彼自身から出てくる、彼の世界なので、すばらしい。うそがない文章のような感じだ。展覧会に行って人生観を見るって、考えてみたら当たり前なんだけれど、それをより無骨にぐいぐいと感じてかなり感動してしまった。その人の人生が宇宙、でっかいもの、誰に恥じることもないすばらしいもの。

みーさんとスイセイさんにやっとチビを見せたのでほっとした。

高橋みどりさんとか岡戸さんとか松長さんとか、とにかく食界の重鎮が全《すべ》てその場にいたので「おお！　今時代を動かしてる人達じゃ！」と思ってものかげからじろじろと見た。岡戸さんの声が大好き。ものすごくいい声。まっすぐな視線そのものの声。

そしてチビは、シッターで来てくれた優しいTさんを野郎だからという理由であっさり振り切ってみーさんにじょじょにもたれかかってにやにやしたり、フード界のアイドル松長さんのケツをなでなでしたり、やりたい放題だった。

あこがれの人と初めて言葉を交わしたのが「すみません！　今ケツを触ったのはこのチビです」というものだった、この哀しみ。

そして、あたりまえだが、そこにあった食べ物は異様においしかった。考えられないほどに……。

1月28日

何の予備知識もなく道を歩いていたら、前から天狗《てんぐ》とか烏天狗《からすてんぐ》とかなんだか華やかな七福神みたいなものがぞろぞろと豆を蒔《ま》きながら歩いてきたら、そりゃあ、びっくりするでしょう。そう、天狗祭りだったのに全然忘れていたのだった。

しかもお茶して買い物してたら、全然違うところでまた行列がやってきた。二度目は心の準備があったので、びびらずに見物した。となりには太鼓の音におびえるよその家のゴールデンレトリバーがいた。そうだったなあ、太鼓がなると押し入れに入ってしまったなあ、とラブ子を思いだして涙ぐむ。

でもゴールデンを触りながら、豆をまかれるのはなんとなくめでたかった。

1月29日

「チビちゃんのお部屋に行ったね、雪があったね。はじめ牛乳がなくて、あとから牛乳と、トマトジュースと、飲んだ。ごんあん（「まんが日本昔ばなし」のこと）見たね、それで、よーこもお風呂《ふろ》入って、お風呂でもテレビ見た。雪で遊んで、寝た。朝起きたらママいなくなってた、チビちゃんえ〜んえ〜んって泣いたの」

旅の思い出、全て合ってるのですごい記憶力！　と思うのだが、なんであの立派なお宿の部屋が「チビちゃんの部屋」なのか、そこだけが謎《なぞ》だ……。

転んでしっかりねんざしたので、びっくりした。大人になってもこんなことあるのね！

1月30日

ついに十年間住んでいて、事務所にもしていた場所を出るときがきた。

泣いた泣いた、そして大家さんにごあいさつにいって、大家さんも泣いた。

でも、思ったよりも、悲しくなかった。もう、最後の一滴まで、味わい尽くしたから、旅立つときなんだな、と思ったのだ。また会いに行くときは、楽しく行けると思う。

穴八幡《あなはちまん》、茜屋《あかね》さんの新春早稲田コースを幸せにめぐり、本もいっぱい買った。叶《かのう》恭子《きょうこ》さんの本を読んで、鼻血ブー。やっぱり目が離せない、あんな人、日本にいるなんて面白すぎる。それから「ちゃっちゃんの遊園地」という本を読んだ。ゆみる出版というところから出ていて、書いているのは京大の医療工学の教授である富田直秀さんという人だ。

ものすごく変わった文章なのだが、なぜか、私の心の中の痛いところをぐさぐさとついてきて、癒《いや》しの涙としかいいようがない涙が出てきた。

そして……なんとなくだが、そして本人たちは怒ると思うが、叶恭子さんとこの人の描く「自由」というものの質は似ていると思った。なので、今日の読書はとてもいい読書だった。

1月31日

朝、なんだか自分でもわからないくらいに急に飛び起きてしまったら、あんのじょうその瞬間金先生から電話があって「夢を見たよ、いっしょに魚釣りをした。海は静かで、風があったけれど、魚が釣れた。その前は果物を拾いました」と言われたら、ものすごくいい感じの映像が浮かんできて、ぽわんとなった。そういう暮らしがしたいなあ、今すぐにしよう。

母の容態が厳しくて思うことは、人はその人以外の人にはなれないから、いつでも今ここから（いつもここから!?）、自由になれるということだ。うまくは言えないが。いつか小説で書けるといいが。あと、大事な人はそう多くはないから、大事な人をうんとひいきしてもいいんだな、ということも思った。私はちょっとまじめに平等すぎて、身近な人を泣かせ、どうでもいい人にわかってもらおうとしすぎた。これは職業病だと思う。

2月1日

足腰をだましだましているうちに過ぎた1月であった……。

雨の中をひたすら歩いて事務所に向かう。といっても公の意味での事務所はたたんだので「事務部屋」（?）というべき?

久しぶりにハルタさんのお茶を飲んでハッピーになりながら、片づける。

ヤマトの人がドアをつけずに帰ってしまい、さらにいくらいろいろな部署に連絡しても全然つけにきてくれないので、ヤマトに対する信頼が半減した。残念なことじゃ。だってドアがなかったら、引っ越しもなにも！　それはどの部署のだれでもいいから飛んでくるべきでしょう。自分たちが通りやすいようにってはずしたんだから。

もう日本はほとんどローマになってるな、そういうとこ。

2月2日

ひい、しょこたんのブログに感謝の言葉が……。

しょこたんのママは、私の親友の友達！

地元が同じ中川パパのほうも実に不思議だけれど、ママ（けいこさん？）にもっと不思議を感じる。どういう縁なんだろう、このみんなは。そもそも全く関係なかった人たちなのに、しょこたんを中心に全部で7人もいる。つながりすぎだ。あの偉大なパパがなにも縁をつながずに亡《な》くなるわけがないということか。

なにより、しょこたんを見たら、うちのチビを育てていくのがすごく楽しくなった、それは確かなことだ。どんな変わった人たちでも、環境が不思議でも、悲しいことがあっても、愛情を持って育てれば、それが伝わるのだ。だからハンパじゃなく応援しています。

そんなチビは今日、マヤマックスからウルトラマンマックス（ダジャレか？）のヘルメットをもらって、踊りながら喜んでしみこさんに自慢していた。いつもしみこさんが来ると照れてぐじゃぐじゃするくせに、帰るとしみこさんとの思い出を語っている。これぞ男子だ！

2月3日

フラへ。

大事なところで数回休み、ほとんど憶《おぼ》えていない踊りを、少女マンガのヒロインみたいにかわいいかわいいしほちゃんだけを情報源になんとか踊る、このスリル。

これを経験したら、ノーベル賞のときのスピーチなんて、きっと、ちょろいわ（ははは）。

Tさんが買ってきてくれた光るでっかいウルトラマンマックスといっしょに寝ると言ってきかないチビ。ただでさえせまいベッドがぎゅうぎゅうになり、ふと目をあけるとマックスの筋肉質でたくましい肩が……。浮気しているような気分でした。

2月7日

チビがなにを間違えたのか「あけましておめでとうございます〜」と言って起きてくるときがあるが、なんとなく楽しい間違いなので、いいです。

いよいよ、チビが三歳になる。このところいつも2月の7日はお腹《なか》が痛くなる。体が出産の厳しさを覚えているのだな、と思う。森くんに会えたので、嬉《うれ》しかった。森くんと平尾さんと大久保さんが、ものすごいベンツをくれた。チビがリモコンで走らせると家中の動物が大騒ぎになって、なんともいえない状況に。そして陽子さんがダダとかマックスに変身するアレとかいろいろくれた。「すごい乗り物があって、あれもこれもみんな売っていて、でも今はマックスが主流だったわ！」ウルトラマンの店に行ってこんなに興奮している大人もなかなかいない。私たち、みんな観《み》すぎておかしくなってる〜……！

2月8日

加藤さんがくださった大きめなはずの服がぴったりのデカチビ。ヒロココからのでかカーディガンもぴったりなデカチビ。

いただきもののデコポンをがつがつと食べながら迎えた誕生日である。ヤマニシくんがものすごくそっくりな家族の絵を描いてきてくださり、みんなが似すぎていて悲しいほどだった。永遠に記憶に焼き付けよう、今の時点の子供アンド動物構成を。ハルタさんがチビに芸人みたいなジャケットをくれた。いいなあ、子供は、そういう服が堂々と着れて。しーちゃんとよーたんも寄ってウルトラマンキングをくれた。チビはまた「これは『フォー！』の人だね」と言っていた。違う。

行きつけの焼肉屋さんに持ち込みケーキをして、祝う。奥さんがとっさにお赤飯を炊《た》いてくださったので、感激した。栗《くり》が入っていて、おいしかった。おじさんがろうそくを吹き消すときには電気を暗くしていいよ、と言ってくれたのも嬉しかった。

2月9日

今頃になって「チビちゃんお誕生日？」と問いかける彼。ぷふ。

子供を愛すること、それは子供の言うことを全部聞いてあげることでもないし、自分が自分を好きになるために子供によくしてあげることでもないし、自分を犠牲にして時間を作って遊んであげることでもないし、きびしいしつけでもない。いっしょの時間を偏見なく生きることだという気がする。自分は自分の偏見の中にそもそもいるので、とてもむつかしいことだが、「これは別の考えを持ち、好みも違う他人、そんな他人と今だけ合宿をしている」という意識とケダモノとしての母親という感覚が半々くらいでちょうどいい感じがする。

私はものすごくハッピーな子供時代を送ったとはいいかねるが、親に対して感情的になっている部分を子育てに投影したらきりがない。今は今だな、と思う。

2月10日

夕方、ふらふらとすいよせられるように藤谷さんの店に行くと、美しき藤谷夫人がやってきた！　心の中で「おお！　おがたQだ！」と勝手に思う。あまりにも似すぎていた。でも実際のふたりはあんな悲しいふたりではなくって、ほんとうによかった。悲しいほうがドラマチックだけれど、人生はそうでないほうがいい。

あまりにもフラに遅刻したので、自粛して見学にした。見学はほんとうにためになる。それぞれの良さをじっくり勉強した。三浦さんのあごの線、ミナちゃんのバランス、りかちゃんのターニングカホロ、しほちゃんの腰、オガワさんの表情……好きなところをただ見の幸せ。

そしてりかちゃんとオガワさんと陽子さんとおいしいごはんを食べに行く。「飯食いに行っただけじゃん！」その通りです〜。そこの店の厨房《ちゅうぼう》のほどよい汚れ具合があまりにも自分の家に似ていたので、人の台所とは思えなかった。

2月11日

Mさんに靴をいただき、まだ誕生日が続くチビ。うらやましいことだなあ。昨日はミナちゃんにもらったバルタン星人とカネゴン、そしてちはるちゃんにもらったマックス、みんないっしょに寝ていた彼。ますますせまくなる私の寝床。目が覚めたら、私の枕《まくら》にチビが寝ていて、その宇宙人たちがチビの枕にずらっと寝ていた。ここはどこなの？

夕方チビが犬たちをぶったので、陽子さんと私にものすごく毎回怒られたら、すねながらも「ママ怒ってるけどチビちゃんのこと、大好きだよね？　チビちゃんもママが大好き」と言っていて、かわいいので怒った顔のままに陽子さんとものかげで地団駄をふむ。

2月12日

ハワイに行く前のちほちゃんが寄って、晩ご飯を食べてから飲みに行く。あの、呪《じゅ》文《もん》で女の人を何人ものにしていた人の話になる。女子たちがあれこれ意見を言い合っていたら、オカマの人がきっぱりと、

「あのね、ぶっちゃけ、あたしはオカマだからわかるの！　あいつ、絶対チンチンでかいし、Hもうまいと思う」

と言った。真実ほど身もふたもないものはないなあ、としみじみする。

2月13日

母のお見舞いに行ったら、チビが「ばーばの痛いとこ、ぽい！」と言って、点滴のささったところをなでなでしてあげていた。子供ってほんとうにすばらしいなあ。

実家で姉の作ったチビの誕生日用の豆ばっかりの夕食をおいしくいただき、特注のタロウが描いてあるケーキを食べて、つつがなくチビの誕生日週間は終わった……。

2月14日

チビがパパよりもいっぱいチョコレートをもらっていた。

誕生日が終わったと思ったらチョコか！　という人生が続くといいねえ。

全然関係ないが、これまでにいちばん予測のつかなかった年齢の話題は、横尾忠則さんに「もう38歳になりました」と言ったら、「ああ、僕、ちょうどその歳《とし》から幽霊見えるようになったな、今は見えなくてもまだまだわからないよ！」と言われたことだ。光栄なような、イヤなような……。

2月15日

「ウルトラセブンが死んだ、そしてやってきた我らがヒーロー、ウルトラマンレオ、ウルトラシリーズ第7弾、ウルトラマンレオ、みんなで見よう！」

っていうのをチビがほとんど丸暗記して、大声で叫んでいるが、今頃レオっていうのもすごい。時代的にも内容的にもこれほど意味のない丸暗記がこの世にあるのだろうか……。これに比べたら歴史の年号丸暗記にもまだ意味があるとさえ思えてくる。

大麻堂の麻枝さんとばったり会って、なんだか得した気分。あの人が歩いていると下北も安心だとなぜか思える。

しかも気分以外にもレストラン麻の割引券を「じゃあ50％オフくらいにしとく？」と手書きで書いてくれた。50％くらいって、いったい。

2月16日

たまっていた買い物をとにかくがむしゃらにまとめ買い。重いもの全《すべ》てを車に詰め込んで、充実した気持ちになる。

夜はタケハーナで豪華な食事をする。味も内装もなにもかもがヨーロッパの気さくなレストランの感じがあるお店で、そのヨーロッパの感じというのをここまで日本的に再現するのはすごいセンスだといつも思う。それは「ボナセーラ!」と店員さんが言うことでも塊の生ハムをぐりぐり切ることでもフランス人が働くことでもヨーロッパ直輸入の家具を使うことでも絶対に再現できない、あの独特に突き放した、お客が自分でその夜の時間を作るような自由なセンスを、たけはなさんがもともと持っていると言うことだろうと思う。

2月17日

英会話でマギ先生に勧められた「パワー・オブ・フロー」を、最近読んだ菅先生が訳しているので、読んでみた。今書いている小説もまさにそのことを書いているので。少し実用書っぽすぎるが、納得の内容で、ドンファンも同じことを言ってるので「フローか……」と思いながら、フローにまかせてみた。すると、山芋をもらい、その山芋がほしかったワン・ラブのHさんにおすそわけできて、欲しかったロータスランプとショールも買い、さらには道でばったりとマギさんに会った。あなどりがたし、この世の真実。

フラは発表会の雰囲気がムンムンしてきて、いい感じ。私は出ないので、なるべくじゃましないように振り付けだけおぼえる。帰りは美人たちとカフェでごはんを食べる。

りかちゃん「うちのダーリンはいちごの上に乗っているいちごがあまり重要じゃないって言って、いつもくれるんだよ! 信じられる?」

あっちゃん「ああ、あの場合のいちごは重要じゃないよ、だって生クリームがあるもん!」

この会話……どこがどうとは言えないのだが、実にシュールだ。

2月18日

浜田山にあるおいしいおそばやさんに行った。十何年も会っていないけれどとても好きな人だった小沢さんがいらした。嬉しかった。その頃私は翻訳とはなにかがさっぱりわからなくて、人づてに取材させてもらったのだ。今はもう四十歳、取材がしたかったら自分の人脈からどんな人でもなんとか見つかるようになってしまった……。

おそばはおいしく、地元の人たちがなにげなくおいしいものを気取らずに食べていて、いいなあと思った。

2月20日

「ウルトラマンマックス」バルタン星人の後編を見て、感動の涙を流している自分が、ちょっと心配だ。マックスはポジティブだし、ハヤタ隊員やアキコ隊員やイデ隊員も出てるし、カイトくんは友達のりゅうちゃんに似てるし、毎週幸せ……な自分が心配。バルル〜。

「ほら、マックス版のエレキングを買ってきたわよ！ しっぽが長いの」とやってきた陽子さんも、気づかずにもう変。

仕事が終わって降りてきた私に「よしもとさん、アストロモンスはマンダリン草と違う奴《やつ》です」と真顔で教えてくれるいっちゃんも変。

2月21日

大雨の中、幼稚園にチビを連れて行く。

親にべったりしつつも、けっこう友達を作っていて楽しそうだった。かわいい先生にさっそくぽうっとなっていた。しみじみ。

見知らぬ男の子がヒロチンコさんに「パパ〜！」と呼びかけ、しまいには私にまでうか。

「ママ～！」と言って、ものすごく名残惜しそうだったが、あれはなんだったのだろ

そのまま大渋滞の世界を母のお見舞いに行く。チビはほんとうに立派だなあと思った。点滴の針ものものしい病院の雰囲気ものともせずに、母をなぐさめていた。私だったら、早く帰りたいと思ってしまうだろう。尊敬に値した。

そのあとまた小沢さんのいる光林におそばを食べに行く。えいこさんもいたので、なんとなくなごんで厨房まで見せてもらった。おいしかった。チビは美人のえいこさんをなでなでしていた。しかし雨の中を歩かせたら、あとで「ママ～、寒かったよう」とはっきり文句とわかる文句を言っていておかしかった。

2月22日

野ばらさんと対談。変わらない、よわ～い感じにハッキリトーク。そして頭がとっても小さいの。自分が巨デカ女に思えるの、あの人といると。本人も作品もとても近しい感じの人なので、久しぶりに会えて嬉《うれ》しかった。妊娠時以来だからなあ。「シシリエンヌ」とても好きだったので、直接感想が言えてよかった。昔のフランス映画のようなのにそこはまぎれもなく京都で、大好きな小説だった。

Mくんと車で都内を旅して帰る。どんどん車に慣れているねと言ったら、「でも先日レンタカーのハイエースをしっかりこすりました」と告白してくれた。

2月23日

半徹夜でここぺりに行ったので、ほとんど寝てしまった。体がなかなかゆるまないので、疲れてるんだなと自分でわかった。途中で急に体がだらっとなったので、夢の中でもほっとした。マリコさんがまたしてもすごい立体ウルトラマンとセブンのお面を作ってくれたので、そうっとそうっと持って帰って、高いところに飾った。見れば見るほどすごいもので、チビに壊されるのもったいない。私が楽しんでいる。
帰りのタクシーの運転手さんが面白く、私が「森先生の日記で、耐震構造を建てたあとに調べる実験はあてにならないと書いてあった」という話を陽子さんとしていたら、「そうそう、コンクリを混ぜてるところを見ないとダメ。あとはひびが入ってるかどうか。タイルも高級木目調の板もみんなひびわれをごまかすためだから」と言い出した。現場監督をやっていらしたそうだ。「幽霊もUFOも見たことあるよ。UFOは朝日新聞に写真持っていったよ。ぐるぐる回転していて下の方が赤くて、ありゃあ、磁力で動いてる感じだったたな」とすごい説得力！「幽霊はどんなでした？」と聞いたら、「鹿児島の旅館の現場で、作業員が『封印』と書いてある風呂場《ふろば》の封印の紙をバカだからべりっとはがしてしまったら、中から真っ白い女がわ〜っと出てきたんだよ。みんな見たよ。びっくりしたなあ」って。これも、すごい説得力。もう真偽なんてどうでもいいくらい。

2月24日

麻枝さんからメールが来て、またも「いとこに似ている」と言われた。これで通算十人目くらいだろうか。ヤマニシくんに「ミスいとこ！」と称号をいただいただけのことはある。男の人があまりにも「いとこのようだ」というので、「それって好きになりそうな気持ちを押しとどめているということかしら？」と特にオザケンのときなど好意的に解釈していたが、十人の中には三人以上ゲイの人が含まれているので、やっぱり単なる「いとこっぽい女」なだけらしい。チキショ〜（小梅太夫《だゆう》くらい必死に）！

2月25日

昨日、チビを連れてビザビに行った。

子供ができてからは子連れでない場合は交互にしか外食できない夫婦だったので、行けなかった。それで、橋本さんに特別お願いして、三歳のお祝いをしたのだった。かなり無理を言ったけれど、結局ほとんどの時間チビは寝ていて、親たちがおいしいものをぱくぱく食べただけだった。変わらない味、プロの接客で幸せだった。お店ってそうであってほしい。あらゆる意味で彼らはプロフェッショナルだと思う。力の抜き方も含めて。

このあいだ行きつけの別のお店でお昼を食べていたら、「私今度からここでバイトするのよ」という若いおじょうさんが友達としゃべっていた。「ここって変わってて、後からお客さんが来ても、前のお客さんに帰ってもらわないんだよ」「え～？　どうすんの？」「後から来た人に帰ってもらうの。みんな長居でたまに編み物とかはじめちゃう人がいてさ、びっくりだよ！　まあ、そういう場合はさりげなくお皿をさげたりするんだけど」「へえ、普通店って二時間で出るよね」「そうそう、どうしてもって言う人には携帯の番号聞いたりするけれど、たいていの人はいいですって帰っちゃう」「もったいね～」

私にはどれもが当然のことで、お店というのはお金を払って時間と空間を買うものである。食べ物だけではない。同じものを一時間で食べる人もいれば二時間の人もいるだろう。現代っ子は気の毒だなあ、としみじみ思った。自分がお金に基づいたおかしな常識で店にお安く選ばれていることにも気づかないのだなあ。

2月26日

チビが長新太さんの「みみずのオッサン」を丸暗記していて、突然ろうろうと語り出すので、とてもシュールで毎回びっくりする。「みみずのオッサンはそのままでいいんだよとおつきさまがいいました。しずかなよるです」と寝床でいきなり言われても。しかもものすごい朗読調で。

2月27日

ＡＹＵＯさんが音楽を生演奏して山口小夜子さんが能を（三島由紀夫の近代能楽集がベースになっている）舞うというすばらしいライブに、歌子さんの招待で昨夜連れて行ってもらった。それはライブでなくては決して味わえないすばらしいものだった。山口小夜子さんは昔よりも美しく、今や極まって全身が丸ペンで描かれた線画のようだった。私を含め、普通の人は、体の気が抜けてる部分だけ筆ペンだったりマジックだったりして、線が一定ではないのである。シルエットは全く彫刻のようだったが、なんと生きている人間なのですごいなあと思った。音楽も実にすばらしかった。日本的な題材なのにひとかけらも日本的でないのに感動した。彼の歌もよかった。ずっと日本に住み続けたとしても、彼の日本は郷愁の中の日本でありつづけるだろう。

歌子さんがお母さんなんてすごいことだなあ、と思うと同時に、うちのチビが大人になって私が七十になったとき、あんなふうに強く美しく明るく健康でいられたらいいと強く思った。

私「うわ〜、うちのチビもいつかあんなに大きくなるのだろうか」

歌子さん「そりゃ、なるんだよ!」

今日みたいにいいライブのときは共振して涙が出てしまう、と歌子さんが言っていて、すばらしいことだと思った。

2月28日

ネットで環境工学について調べていたら、なんと初恋の男の子が今住んでいるうちの近所について卒論を書いていたことがわかった。その人を目指して調べていたのではなく、偶然に目に入ってきたのだ。すごく不思議だった。少女マンガみたいだが、その名前を見たときに涙が出た。ほんの三日ほどしか両思いではなかったし、相手はそのことさえきっと忘れているだろうし、とにかく色白美人が好きな男の子だったからなあ……と思いつつも、我ながら筋が通った初恋だったと今も誇らしく思う。今考えても当時のその人をひとつも嫌いになるところはないからだ。すばらしい人柄だった。

タッキーがプレゼントしてくれたクラプトンとユーミンと藤原ヒロシの（すごく大ざっぱな表現）「カプチーノ」をしみじみと聞く。

藤原ヒロシさんの日記を前にふと見たが、海外を飛び回っていて幸せそうだったのが印象的だった。ユーミンものびのびしていて昔のユーミンの匂いがする。ちょうど私が初恋していた頃のユーミンだ。ユーミンはもちろん今も昔も幸せだろうしすごい感性のすごい人なのだろう、そう思う。でも、なにかが失われていて、それが私の好きだったものなのだ、ということがこのCDを聴いてよくわかった。あくまで個人的意見。

3月1日

江原さんと久々の対談。

忙しそうだけれど、お変わりなかった。いつも人の幸せを想《おも》って、人をなぐさめたいと思っている人。

いちばんおかしかった会話。きっと収録されないと思う。

え「よしもとさんは魂の年齢が古いからですよ」

私「2000歳くらいだといいなあ、ウルトラマンくらい」

え「ウルトラマンってそうなんですか？」

私「そう書いてありました」

え「じゃあ、ゾフィーはちょっと上なんだ、きっと。ウルトラの父も母ももうちょっと上かなあ」

年上っぽい着物でも、いろいろ目に見えないものが見えても、ザ！　同世代！

3月2日

また牡蠣《かき》にあたってしまった……。自分でももう自分が信じられない！　というのも、身近に一軒だけ「ここの牡蠣なら大丈夫」というお店があったのだが、そこではこれまで何回食べても大丈夫だったのだが、みごとにやられた。一晩中ゲーとピーをくりかえし、息もたえだえ。パジャマのまま病院へ行きました。二キロやせたのだけがちょっといいところ。

チビが何回も「ママの痛いとこ、ポイ！」「おなかなでなで」としてくれたが、それとは全く関係なく遊びたいときは腹に突進してくるところが子供らしさです。結子も、私があまりに何回もあたるので表現がなくなったらしく「まほちゃん、もう辞書から牡蠣の文字を消した方がいい」と斬新な意見を言い出した。前回は「牡蠣のことはもう忘れた方がいい」と言っていた。

3月3日

ひな祭りのおすしも食べることができない弱い胃袋の私。母のお見舞いに行って、実家に行く。おひなさまにおそなえしているお菓子をチビが食べたがるので姉といっしょに「そんなことすると、おひなさまが夜中にやってくるぞ〜」とおどす。そういえば私もそうやって育てられたトラウマでこんなことになってしまったのだった。いかん。

3月4日

小説がいよいよ詰め。今年はこの「チエちゃんと私」という小説と、幻冬舎のハワイの小説の二本だけなので、かなり力が入る。ハルタさんに感謝を捧《ささ》げる作品だ。

小さい出版社で融通がきくので、思いっきりスピリチュアルにしてみた。海外のスピリチュアル出版社から出版したいものだ。毎日その小説の中の人たちといるうえに、イタリアのことばかり書いているので行きたくて気が狂いそう。明日にでも飛行機に乗りたい。そういうときためらいなく乗れる人生にしようと思った。小さいことをザルみたいに憶《おぼ》えていなくて（フラ・アンジェリコの受胎告知は修道院だったけど、あの回廊のあるところにあったっけ？　とか）、たくじにメールして質問したら答えが返ってきて、そのくわしい描写を読んでいたらまた行きたくなった。

3月5日

晴れたので子供を陽に当てようと思い、陽子さんと三人で近所にお茶しにいったら、小説に取り組めないくらいへとへとになり、ごはんも作れなくなったのでびっくりした。

こういう電池切れみたいな疲れ方って、牡蠣の疲れが肝臓に残っているのだと思う。おそろしや。

3月6日

花粉症でなにがなんだかわからないままに、青山に買い物に行く。

表参道ヒルズにも寄る。台湾のショッピングセンターにそっくり！　申し訳ていどに昔の同潤会の建物が残っていて、それでもその心意気が嬉《うれ》しかった。奈良くんの「りんごっ娘」を買って帰ったら、チビがいちいちその生首をうやうやしく両手にとって口にチュウしてから中のグミを食べるのでおかしかった。

おじさんが「このヒルズには記念のストラップはないの？」と質問していておかしかった。観光地だなあ。あとでこのことをアヤコさんに言ったら「ストラップのデザインはけやきにヒ・ル・ズで決まりでショ〜☆」とジモティらしい意見を述べていた。

3月7日

仕上げ。仕上げのときはいつも白髪がどっと増える。そして目も痛くなり、頭もぼけるし、腰も痛くなるし……不思議な商売だと思う。

話題の「マクダルパイナップルパン王子」を竹林さんのおすすめで観《み》る。あのクールでかっこいい竹林さんがこの作品を好きっていうことにキュンとなってしまう。

構成がどう、絵がどう、話がどう、香港の再開発がどうというのではなく、作った人たちが心からこの作品を愛していて、別れがたくてしかたない、そういうのが伝わってきた。男の子がいるお母さんにはいずれにしてもガツンと来るだろう。

原画を描いた人がTVでインタビューに答えているのを見たけれど、内気で品がよく、知的な人だった。

いずれにしても心のこもったいい作品だった。タイアップも流行も関係ない、愛だけで作られていた。この作品の中には宇宙があり、人の内面世界の全《すべ》てがある。

3月8日

作品がアップすると、その日だけはちょっと嬉しい。

まさにその日が今日だった。寒くても許せるくらい嬉しかった。

そして長い長いインタビューを受けにチャリで駅の反対側へと急ぐのだった。インタビューを受けていると「自分はこれまでに大したものを書いてないなあ、これからだな」という新たな気持ちになる。そして途中死にかけていた時期を思うと「よく健康回復したな」と思った。我ながらすごい回復力だ。

石原マーちゃんと歩いていったん自宅に戻る。そしてチビを連れて出発。明大前で高級焼肉打ち合わせ。チビも肉を食べる食べる。ずいぶん大人になって、長い間座っていてくれるようになってきた。ヤマニシくんもいっしょに行ってみんなでおいしいワインを飲んだ。心の中はひとりだけ打ち上げ気分。

3月9日

母のお見舞いに行って、もうどうせ入院長いんだから楽しい方がいい、と日々開く花を買った。そうしたら喜んでいたのでよかった。微妙に回復してきている気がする。人生は至福であるべきだし、これまで見聞きして教わってきたことのほとんどは嘘《うそ》だと思っていいと思う。鉢植えの花のことではなくって。人生はほんとうにどうにでもなるものだ。

帰りはいつもおいしいボラーチョに寄って、洋食三昧《ざんまい》。自家製マヨネーズをチビがみんななめたのでびっくりした。マヨラ〜！

3月10日

村上春樹さんの文春の記事を読んだ。安原さんについて。

彼は死を目前にしていろいろなことがどうでもよくなってしまったのだろうか？

とても複雑な気持ちだ。もちろん私の生原稿も彼の家にあるかもしれない。そして私もまた彼に謂《いわ》れのない批判を受けたり、また好かれたり、いろいろ複雑な関係を持っているひとりだ。三歳の頃から彼を知っている。彼の奥さんもお子さんも知っている。いいところも悪いところも知っている。そして彼は死んでしまった。もう取り返しがつかない。

いろいろな意見が飛び交うことは予想されるが、私は村上さんの気持ちが痛いほどわかるし、このことを公にしたことはすばらしいことだと思う。安原さんに関しても全くの同意見で、これを読んだとき長年胸につかえていた痛み苦しみがよみがえってきて、ものすごく救われた。それは村上さんの優れた文章の力だ。

そして、人によっては想像もつかないだろうけれど、自分が生きているうちに生原稿が不正に売買されることがどのくらい気持ち悪いか、たとえが思い浮かばないほどだ。作家が人に原稿をあずけるときにどのくらいナーバスになるか、そしてそれを裏切るというのがどのくらいのことか。留守中に家の管理を信頼してあずけた人が、その家を見知らぬ他人にまた貸ししてお金をとっていた、というのが生理的には近い感覚だろう。

もう誰も安原さんを裁けない。しかし今後、法的にそのようなことが取り締まられることを祈る。

夜は平尾さんとデートして、あまりにも面白いことをたくさんおっしゃるので涙が出るまで笑った。

歯の健康のために骨盤を矯正《きようせい》すべくひざのところをしばって寝たら、朝になるとフーディーニのようにいつのまにか縄抜けしていて、ふとんのわきにわっかがそっと置いてある。それではと足首もしばったら、やはり朝ふとんのわきに大きなわっかとその中にきちんと小さなわっかが。自分がいつ抜けてそこに置いているのか全く記憶にないそうだ。

平尾さん「ふたつきちんと置いてあって、なんかかわいいんだよ～」

なんか感想を含めて全てが間違っている健康法という気がするなあ。

夜は美女軍団と焼肉屋さんへ。みんなでげらげら笑いながらいろんなものをぱくぱくと食べる。細く美しいオガワさんがサンチュに肉とキムチとごはんをいっぺんに巻いて幸せそうに食べていてびびった。帰りに車の中で陽子ちゃんとふたりでかわいいかわいいしほちゃんを両側からほめたたえた。まるで誘拐する人たちのようにあやしかった。自分の美しさにほんとうには気づいていない人って、なんかこうゆさぶって気づかせたいような気持ちにいつもなる。でも気づかないところが、男の人から見てたまらない魅力なんだろうな。

3月11日

ビーちゃんが血尿を出しているので、病院に尿を持っていく。膀胱炎《ぼうこう》であった。動物にとっていちばん幸せなのは、ストレスがないこと。飼い主にもストレスがないこと。人間の寿命をいちばんすりへらすのは、ストレス。わかりきっていることだが、改善がむつかしい。あの手この手（バターに混ぜて体に塗る、細かくしてフードにふりかけるなどなど）で抗生物質を飲ませて、お互いにものすごいストレス！

3月12日

昼間はなんだかいらいらが止まらず、あまりなにもはかどらず。いらいらが止まらないのは、たいてい神経が極限まで行って戻ってきた後である。小説をひとつ仕上げると数日後に決まってやってくる症状だ。
たいていの小説の感想は「で、それがどうした」だと思うのだが、小説のすばらしいところも「それがどうした」のバリエーションが、自分に合うものも合わないものも含めて無限だというところだと思う。

「麻」に行って麻料理を満腹になるまで食べまくる。穀物でお腹《なか》がふくれる独特の感覚。下北の父、麻枝さんがかっこよくさっそうと現れ、もともとルヴァンにいて今は麻にいるニシキヘビの入れ墨のシェフを紹介してくれた。いろいろあるなあ。パン屋さんってものすごく大変なお仕事だと聞く。

麻枝さんはどんなにぼうっとしているようでも、目が絶対に休まない。それで、なにかがちょっと変わる瞬間があると、その気配を読む。彼に面接されて受かったら、かなり有望だということだろう。

世界中を旅行してやばいことをいっぱい経験した人にしかない能力だ。

3月13日

「みがきあげたこの体、そうなるねうちがあるはずよ」とチビに突然言われたので、ものすごく驚くが出典はウルトラマンタロウの中のリンダであった。

母のお見舞いに行く。細くなった足をなでなでした。ヒロチンコさんもロルフィングをしてあげた。チビも「ばーばの痛いのポイ!」と言って、勢い余って点滴を引き抜きそうになっていた。プラマイゼロのお見舞いだ。

久し振りに「そういえば姉には人をリラックスさせる独特の力があった」と思い知

った。姉は野生児で芯《しん》がどっしりしているので、病院というやな場所であることを忘れるのだ。みんなくつろいでTVを観て、ゆっくりしていた。

家でジンギスカンを食べながら「私は口ばっかりたっしゃで現実的になにも役立たないでくのぼうだから」と言ったら、父が考えられないくらいげらげら笑ったので、ものすごくむかついた。

3月14日

キム兄が結婚してしまってなんの希望もなくなったTV界に燦然《さんぜん》と輝く「リンカーン」を録画し忘れてしまった……と思いつつ、エロ奴《やっこ》……じゃなかった、貞奴の恵さんとデートする。就職話を興味深く聞く。いつも会うと自分が男でないことが惜しく思える。でも男だったとしたら、きっとこのエロさに「試されている、挑まれている」と感じるだろうな。今小説「11分間」を読んでいる私としてはしみじみ思った。

ここぺりで猛然ともみほぐしてもらうと、体的には前回よりもずっと状態がいいと美奈子さんが言ったので、びっくりした。確かに前回は体がばらばらな方向に行っている感じだった。疲れは今回のほうがすごいのだが、不思議だ。ふたりとも子ども相手でも変ににこにこしたりしないので、チビラも関さんたちがとっても好き。

3月15日

いろいろな転機と別れが一段落。お手伝いのMさんが残ってくれたのはラッキー！と思う。地が出れば出るほど好きになる人だ。はじめMさんがすごくマイペースなので「もっと型にはまった人がいいかな」と思ってお断りしようとしたとき、頭の中でなにかが「違う」と言ったのを聞いて良かった。あぶないところだった。弱っていると人は判断を間違う。

ある時、ある人が子どもに車を買ってくれたのでお礼に同額くらいの似合うものをあれこれ考えてプレゼントをしたら、喜ばず開けもせず、使いもしてくれなかった。あげたものを使わないのはその人の自由だ。しかし、その時のその人の嫌悪《けんお》にあふる る表情を思い出すと、もう一生会うことはないな、と思う。その人とはもうだめだ、と思ったのはその時だった。その時から完全に別れるまで心臓から血がにじむような気持ちを味わいながら決心した。できればごまかしたい、好かれていたい、チャンスを待ちたい、そういう全ての気持ちと決別して、自分を大事にしようとした。

これは恋愛の話ではないが、恋愛でも多く見られる場面である。

家族だと単なる甘えの事件で縁は切れないが、他人だと切らなくてはいけない場面もある。

　なぜなら、どんな人にもそういう扱いを私（人はだれしも）はされるべきではないからだ。私は私を大事に思ってあげなくてはいけない。他にそれができる人はいない。その人とは長い知り合いだったので、その人が中学校のときにくれたファックスとか、小さい頃の写真とかを私が捨てられず大切に持っていたことなど、言おうと思えば言えたが、言わずに永遠に切れた。もちろんいつか風化して感謝だけが互いに残るといいと思うが。そうなるとも思うが。

　よい扱いをすれば感謝してくれる、人を紹介してその人たちが仲良くなればその人たちはただ感謝してきっと喜んでくれる、それが愛情だと思っていた自分もバカだが、それが通じなかった場合は縁が切れるしかない。人生観の相違だ。逆にそういうのをバカと思わないシンプルな人だけが残るだろう。バカの楽園でもいい。そこに住もうという意志を私は明確に持つ。

　なんでこんないやなことをわざわざ書いているかというと、最近「自分を大事にする、自分を愛する」というとただ真綿にくるんでいやなものに触れないという考えのようにあちこちに書かれているからだ。自分を大事にする、ということは、そうやって傷ついたときに痛みをもって人を切り離すことであったりもする。自分の人生のために、ただ気の合う考えの合うシンプルな人を残すために、好みではない考えでかつコミュニケーションも取らない人（ここは重要なポイントで、考えが合わなくてもそれを話し合い、認めあえる人とは別れなくていい）に、憎まれても愛を持って別れることでもある。それはちっとも柔らかくないし、自分のいやなところも見るし、憎まれる。でも、それがほんとうに自分を大事にする、愛するということだ。

自分を愛する過程では、愛をもって人と傷つけあい別れることはいっぱいあるのだ。

3月16日

すご〜い嵐《あらし》。

しみこさんに誕生日プレゼントのジャンルをしつこく聞き出し「おしゃれ」「布」「大人の女」というキーワードをむりやり出させ、肩幅をさりげなく抱きついて測り、出かける。

しみこ「もしもシャツが小さかったら、そのときは体のほうを合わせていきますからいいですよ！」

すごいコメントだ。

そして店をめぐってヒロチンコさんといっしょに選んでいたら、ほんとうに真剣になってしまい、しみこさんのイメージで頭はいっぱい！　時間を忘れてのめりこんだ。自分にもこのくらい時間をかけたらおしゃれになれるんじゃ！　と思った。

3月17日

すご〜い嵐でいろいろなものがふっとんでいた。自転車カバーとか。ごみ箱のふたとか。久々にびっくりする天候だった。

フラに行くも、毎回魔法のように振り付けを忘れていて足手まといという言葉で頭がいっぱい。なんとか取りもどさなくては。というか最近あまりにも忙しすぎて行くのが精一杯。もう少しひまになってまじめに習ってからやめたい！　なしくずしにやめていくのは淋しい！

帰りは美人たちとげらげら笑いながらごはんを食べる。りかちゃんとあっちゃんが十八のときにハワイに貧乏旅行をして、お金持ちの子どもがいない老夫婦にいいものをごちそうしてもらったいい話など聞く。しまいにはパパ〜、ママ〜と呼んで「あれが食べたい」などと甘えていたそうだ。

あっちゃん「りかちゃんについていけば間違いないんだけど、ふたりのキャラを少し変えるのがコツだったね。しっかりものと甘えん坊とか。同じキャラがふたりじゃ相手もつまんないもん」
こんなかわいい人たちにたかられたなら、老夫婦もハッピーだろうな。

3月18日

「ウルトラマンマックス」を観《み》て、ひとりで涙を流す自分……全く八歳くらいから変わっていません。どうしようもありません。金子修介監督のことまで好きになりました。カイトくんではなく、マックスが好きみたい。ウルトラ兄弟にはありえないクールさと優しさにしびれっぱなしです。

子どもはあきれて隣でツチノコと遊んでいた。このツチノコはドラえもんに出てくるツチノコの限定フィギュアで大事にしていたのに、ついにうばわれてしまった。「ツチノコと一緒に寝るの」と昨日もツチノコと寝ていたが、珍しいことだと思う。あらゆる角度から。

昨日ちはるちゃんに「ドラえもんのツチノコが」と言ったら、すぐに「ああ！　あの丸っこい！」とわかってもらえたので嬉《うれ》しかった。しみこさんも「これ、ドラえもんがのび太に頼まれて未来から連れてきたツチノコで、結局ジャイアンが見つけて記者会見に出たような……」とくわしかった。

3月19日

タムくんとGFのヴィーちゃんと社長さん（あだな）とタダノさんが来て、みんなで「タイ人の作るタイカレー」を楽しく作り、食べる。タイ人の作るタイカレーは日本人においてのおみそ汁みたいな感じで、ぜんぜん油っぽくなかったのでいくらでも食べることができて危険であった。

オハナちゃんがタダノさんを好きになり、彼がオハナちゃんから離れるときゅうきゅう鳴いて呼び戻していたのでおかしかった。そしてチビラくんはヴィーちゃんが好きで、手を握ったり、ももに手を置いたりしてる。どっちもお年頃ね……！

タムくんが日本からいなくなってしまうなんてとても信じられない！　淋しい！

ふたりがいつまでも仲よくあるように、と思って、幸せを運ぶカエルのリングを、カエル大好きなヴィーちゃんにあげた。

3月20日

母のお見舞いと、独身のおじさんたちとおいしいデザートを食べる会……実家にて。

姉が作ったラムの南蛮漬けと和風パエリアを満腹になるまで食べた。食前に姉のいつもの言葉を聞く。「今日は食べ物がなんにもない、ちょっとしかないいんだ」いつも絶対うそなのだ。

安原さんの生原稿流出に関する父のコメント「ま〜、お金がないときはしょうがないよね〜」その瞬間、私も、私の頭の中の春樹先生もガクッとこけた。昔の人はゆるくていいなあ。

母の体重今32キロ！　私の肉をほんと〜うにわけてあげたい。むちっと取って。体重が増えるようによくなでなでして帰ってきた。

3月21日

上原の顔が巨人にいるときと違うなあ、というのはみんな韓国戦のときに当然思ったでしょうけれど、野球選手はほんとうは野球が好きで、野球ができると嬉しいんだな、というほんとうに簡単なことを忘れかけていたな、と思う。日本人みんなが忘れかけていたんじゃないかな。野球選手の顔が汚れ始めて何十年になるだろうか。

ところで、私は生きているだけで何回も何回も竹中直人さんにばったり会う。店でいっしょだったことはゆうに五回以上。しかもハシヤとか下北のお姉さんの店だとか微妙な場所ばっかり。声をかけようか、挨拶《あいさつ》しようか、と毎回思う。でも彼の「できれば声をかけないで！　誰も！」というはっきりとした感じを見ると、ついやめてしまう。そしてさらによく考えてみるとなんの接点もない！　あると思いこんでいたのはなんと「私は小学生のとき木之内みどりさんの大ファンで、天井にポスターを貼《は》り、大きくなったらああいうふうになると思っていたのです（おかしいな～、どう考えてもなってないな～）。今でも彼女の発表したアルバムの曲、ほとんどフルで歌えます」というものだ。「さくら貝の秘密」とか「悪魔になれない」をなにも見ずにフルで歌える人が大勢いる気がしないんだけど。自慢なんだけど。

ほかの接点はもっとこれよりも重要度が低い（共通の知人だとか）。これじゃあ、声をかけないほうがいい、そう思って、またかけそこねてしまった。誰か伝えてほしい……嫌いで声をかけないのではなく、接点が微妙すぎるのです、と。

3月23日

一泊で横浜へ。ほんとうは沖縄に行くはずだったが、一泊しか取れず断念した。

部屋からそのままエステに行ってマッサージを受けたり、高級ホテルの中華レストランに行ったりして都会の喜びを満喫。カラオケに行って「ウルトラマンレオ」もみんなで歌った。

このあいだ名古屋に行って思ったが、名古屋は「お金を使って正当に得られる楽しさ」に対してとても開かれたところだ。東京はもっと屈折していて「お金を使って得られる楽しさなんて低い下品なものだ、罪悪感をもってこっそり楽しまなくては」と思わせられるような仕組みがそこここにある。しかし私は思う。お金を払って得られる楽しみがたくさんあるところには、実は、お金で買えない楽しみやお金を使わない楽しいことの余地もたくさん残されているのだ。

あまりにもチビが寝ないので、話しかけられても答えてはいけないと思い、私も陽子さんも寝たふりをしていたら、闇《やみ》の中にチビの「いい子にしていなくちゃいけないのだろうか……」というつぶやきが響き、ふたりともぷっと笑ってしまった。

3月24日

中華街ではしごして四食食べた。

でも軽い物をちょこちょこ食べただけで、そんなに苦しくならなかった。あちこちが様変わりしていて、時の流れを感じた。中華街はもはや観光地で、ほんとうにおいしい中華は中華街にない時代かも、と店先でほこりをかぶった中国茶やおこげ（しかもすごく安いわけではない）なんかを見て思う。今はカルディやピーコックに行けば、みんな安く売っているから。それでも行くと楽しくてうきうきするんだけれど。

3月25日

村上龍さんの「盾」をしみじみとうなずきながら読む。

私にとってついこのあいだまで「ウルトラマンマックス」はただのナイキの靴みたいな変なウルトラマンだったが、今では見ると安心するいいなにかに変わっている。人はだれでもそういうシールドを無限に持っている。それが会社であったり、経費を使えることだったりすると、かなりきついだろうな、と思う。自分がよりどころにしているものが多いほどいい人もいるし、深くて少ないほうがいい人もいるし、人それぞれだが、そういうものが人を自分の魂の相に触れさせるというのは確かだろうと思う。

3月26日

塚本晋也監督の「ヴィタール」を、初め「死体か……そしてきっとこうでこうでこういうことになるこういう話だろうなあ」と思って、観はじめた。そして実際思った通りにこうでこうでこういうことになったのにも拘《かかわ》らず、最後は涙が止まらなかった。

浅野忠信ってやっぱりすごい人だ。GF役（ちゅうか、なんちゅうか、死体ちゅうか）の人の演技もすばらしかった。

根性とオブセッションのある人がきっちりと自分に向き合って撮ったすばらしい作品だった。この人が自分の作品を読んでくれていることが誇らしかった。

3月27日

久し振りにお見舞いに行かない月曜日だったので、「ラストデイズ」を観に行く。なんじゃこれは、という映画だった。ニルヴァーナの楽曲が使えないことと、現実の人間関係を権利問題で（多分）描けないことが致命的だった。アーシアちゃんが出てる意味とか全く見いだせなかった。

そこでカートくんを複数の人格に分けて描いてみようとか、音楽がどれほど好きだったかをなんとか取り入れようとか、別のことをあれこれやろうとしてみたが、ほんもののイメージが強すぎて全部中途半端に失敗、という監督も気の毒な映画だった。

ただあの衝撃の写真（温室、死人の足、警官）を完璧《かんぺき》に映像で再現していたことにはものすごい価値を見いだした。あのときの自分が自殺寸前だったことまで思い出した。よく生きて子どもまでいるものだ、としみじみ思った。

3月28日

宇津木さんの新しいブランド、メルシーボークーの展示会にあいた時間ですばやく行く。相手もお子さんがいるので「ちょっとしか時間がない」と言ったらほんとうに心配させてしまって申し訳なかった。彼女のすばらしいところは地味な色と色の組合せで派手なものを確実に作れるところと、売れるものと奇抜なものをちゃんと双方コストに合わせて考えられる冷静さと、ほんとうの意味での遊び心だと思う。楽しい世界だった。彼女の頭の中の楽しいものを見せてもらった感じだ。

夜はロルフィングを受けて、なんとか首が回るようになる。体が硬すぎて寝違えがどんどんひどくなっていたのだが、うちは振り向かなくてはいけないことが一般家庭の五倍ほどあるので、治りゃしなかったのだ。ヒロチンコさんは冴《さ》え冴《さ》えでブレイク直前の人の気配が漂っていた。

3月29日

チビが夕方突然げえげえ吐き出し、下痢も五回くらいしたので、ヤマニシくんも私も突然大忙しに。

自分が忙しくて子どもから心が離れていると、すぐにそういうことになるけれど、子どもが体調を崩すまえって、自分の頭ももやがかかったようになる。きっとまだなにかがつながっているんだな、と思った。私のスカートにゲロをげえっと吐いてその後熱も下がりぐうぐう寝てしまったので、少し安心したが、スカートは洗ってもすっぱい。

今彼は小さく丸いものを持つと必ず顔のわきにかざして「ほらほらほら、はやいんでしょ〜?」と言う（出典は不明）のだが、ゲロを吐いた後にホメオパシーの丸薬を渡したら、半泣きなのに必死で「ほらほらほら、はやいんで……しょ〜……」と力なく言って笑っていたので、気の毒だけどかわいかった。そんなにがんばらなくても。お笑い芸人のように。

そして彼は夕方など変な時間に眠くなると、子どもなんだから黙って寝ればいいのに、ママのまねを必ずして「チビちゃん、ちょっとだけ、ねんねします」と言って自分でふとんをかけてソファで寝る。ちょっとだけ、というときはちゃんと親指と人差し指で「ちょっと」という仕草をするので、毎回ぷっと笑ってしまう。

3月30日

逗子に行って、海をみたり、あの有名なサンシャインプラスクラウドがあるかやの木テラスでお茶したりご飯したり、そしてなんといってもメインである！　大野さんのセッションを受けた。

それはそれはすばらしく、めくるめく謎解《なぞと》きの連続で、四十年来の謎がすかっと解け、日頃結子に口をすっぱくして言われていることが次々ふにおち、あまりのすごさに目まいがしたまま帰宅した。大野さんはすごい、出会えてよかったと思った。大野さんはものすごい人なのだが、大野さんだけが大野さんのものすごさを知らないところがまたすてきで愛くるしいところです。あと甘い物が好きなところも。私にとって彼女はチャングムにおけるチョンサングンさまとハンサングンさまのようなものだな〜。

3月31日

なんとかしてフラへ行く。

子どもは変わらず下痢したり、ちょっと吐いたりしているが元気は元気。ここで楽しいことをけずってはならじ、と遅刻してかけつける。

発表会は出ないが、気持ちはみんなといっしょに踊っている。

だって多分五年後、十年後は私は日本にいないだろうから、今しかないのだ。今しかない時間が、未来に会って楽しい人たちをつくるのだ。

帰りはスープカレーを食べながら、あまりにもすごい「少林寺を習っていてもてた時期」の話をりかちゃんから聞き、変なふうに笑ったりのたうちまわったので、みんなスパイスを吸い込んでそれぞれむせた。あんなにもてるし、武道としても純粋だとおすすめされたのに結局誰も少林寺を習いたくならない、教訓の少ない話であった。

4,1－6,30

4月1日

友達が陣痛の合間に電話してきてどきどきする。後に無事産まれた。赤ちゃんがやってくるのはなんでもかんでも嬉《うれ》しい！

小さい子がいっしょにいるとき、やはり小さい子を体験している人でないといっしょに時間をなかなか過ごしにくい。一般的に言って私は子ども好きではないので、子ども好きでない人の気持ちは今でも共有できる。自分の子はもちろんかわいいを超えて自分の一部だ。あとは「人によるのと同じで、子どもによっては好き」だ。

そしてシッターさんに手伝ってもらうという反則技でなんとかごまかしているが、それでも自分の子どものよだれや尿やウンコを見て、子のない人が（もちろん私も子のない時代はそれを避けていた）「子育てって大変だな〜」と思うそのまなざしに自分の子どもをあまり接させたくないと思う。当然のことだ。お互いなにも悪くない。単に今いる世界が違うだけだし、人として合わないわけでもなんでもない。

また、お母さんは一日も休めない、座る時間はほとんどない。しかし子どもは面白いし育てたい。自分で選んだことだから、それを引き受けてやっていくだけだ。子どもを持つのも持たないのもすばらしいことがあるし、すばらしくないこともある。それは大したことではない。どっちも人生だ。

さて、そして肝心なこととしては、いずれにしても自分がよれよれの垂れ流しになったとき、自分の経済を支えているのは子どもがいなくっても、自分の子どもの「世代」だ。施設に入っていても、生活保護でもなんでもかんでも、自分の子どもの世代が世話しにやってくるだろう。日本はその世代が回しているだろう。

つまり、子どもは共有財産であり、国の宝である。右翼的な意味ではなく、事実だ。それをむしゃくしゃしているからといって殺したり犯したりポイと投げ捨てたりする人たち……は、もう人が利害などを共有している社会にいてはいけないと思う。幸いそれが多数ではないのでまだ国々はなりたっている。

ハルタさんが遊びに来たので、お花見をしたり、邪宗門で森茉莉《まり》についてしみじみと語り合ったりしてすてきな午後を過ごす。あそこのマスターはほんとうにステキで、森茉莉さんがラブレター（?でも見せてもらって感激した……見せてくれるけど中身を読ませてくれない上品さもステキです）を書いたのもよくわかるわ!

夜は「お化けセンサー」を持って、下北中の不吉なところを歩き回るが、反応しなかった。姉は墓場に持っていって大きな反応を見たそうだ。あまりにも面白いので、小説に書こうと思う。

4月2日

大雨と嵐《あらし》。いったいなんなの？　この天気は、寒すぎる！

寒いのが嫌いなので、ほんとうに悲しくなってきた。

スピリチュアルな本を読むとよく「ガイド」という概念が出てきて、ウイングメーカーなどでもそうだが、人類の未来形、あるいは他の銀河系から来たとても親切な人たちが人間が進化していない部分を懐《なつ》かしく思って、いろいろなことを教えてくれたり助けてくれたりするものだ。これって、ものすご〜くウルトラマンっぽい概念だ。人類の集合無意識の中に、きっとそういう（だれかもっとすごい人が上のほうのどこかにいて、見ていてくれる、助けてくれる……神だとか、進化した人類だとか）という幻想（あるいは真実）が刻み込まれているんだなと思う。それがいろいろなバリエーションで出てくるのだな。

……こんなこと考えている自分が一番心配。ウルトラおたくへの道を歩んでいるだけか？

4月3日

最近チビに「今お湯をわかしていてあぶないから、こっちに来ないで」とか言うと、機嫌のいいときには「わかりました」と返事がかえってくるのでものすごくおかしい。機嫌が悪いともちろんケツをぶたれたり、突進してくる……。

チビが今日も吐いたので、さすがに病院へ。胃薬と整腸剤をもらってきた。おそろしい風邪だ。もうヤマニシくんとしみこさん、二人の尊い犠牲者を出している！　いつ自分に来るかと思うと、どきどきする。ものすごい下痢と吐き気が突然おそってくるらしいのだ。

実家で母の退院祝い。姉がCMで母が見て食べたがった「鯛《たい》の塩竈《しおがま》焼き」を自分で作っていた（作れるなんて！）が、マンガ家なのでなんとなく外側の塩でできた鯛がマンガっぽかった。

あれほど食べるのが嫌いな母が「おいしそう！」という言葉を出したが、それって四十年ぶりくらいに聞いた。体調が悪いとぐちっぽくなる母が「目まいがしすぎてなんだか楽しい！」とか言っている。長い入院がよほどつらかったのだろう。退院がよほど嬉しいのだろう。それにしてもびっくりした。母は今のところまだまだもちそうだ。しかし、いろいろいやなこともあった人生でも、歳《とし》をとったときにこういう明るい心境で、みんなが母が帰ってきたことを本気で喜び、多少ケンカしたり面倒なことは日々の中であったとしても基本的に愛し愛されていることに疑問を持たずにいる、このことが一番ではないかと思えた。この状態の中で死んだら、決して気の毒ではない。不幸とは常に人の心もちの中に存在している。これこそが死を超えるものだと感じる。自分も将来そうであるといいが。

4月4日

うちからまあちょっと遠いが歩いていけるところに「養茶」という中華のお店があるが、実に微妙な店で、お茶とデザート類は一切アウトなのに、なぜか数品ものすご〜くおいしいのである。なんだか最近お客さんが少なくて心配なので、宣伝のために下北沢南口商店街を歩いていってミスドの裏の道、と書いておこう。ちなみにその並びの「ロクサン」のピザもかなりいける。これはイタリア的ではないが、そうとう高レベルのピザだ。

で、養茶で私の好きなのはえびのあんかけチャーハン（絶品、中華街で出せるくらい）と棒々鶏冷麵（惜しみない鶏肉、夏の友）なのだが、これがまたものすごい量が出てくるので、少なくしてください、定食にしないでください、と言わなくてはならないのが切ない。定食にすると安いのだがサラダとかデザートがついてきて、しかもそれらがメインほどにはおいしくないので、苦しくなってしまうのだった。

4月5日

ついにチビの風邪の魔の手が陽子さんにまで届いてしまった。これで倒れた人が6人目……おそるべし。やむなくひとりでここぺりに行って、つまらながられながらもみほぐしてもらう。肩がすっかり軽くなった。チビのためにものすごい手作り工作ウルトラグッズが待っていてくれたので、家に帰って苦しくなるまでストローをふいてはセブンやウルトラマンを立ち上げた。関さんの絵だね、とチビがすっかりわかっていた。そして私とヒロチンコさんだけが倒れないのは牡蠣《かき》にあたってノロウィルスに免疫があったのではないか、という説を関姉妹が発表。すごい信憑性《しんぴょうせい》。

久々にみちよさんとあかねちゃんとアタルくんといっしょに焼き肉を食べる。みんないい子に育っていて、ママもビールをぐいぐい飲んで変わらず元気そうでよかった。この人たちが越しちゃったのが淋しかったというのも、引っ越しの一因だったと思う。個人の力って大きい。

チビが遊んでもらってものすごく喜んでいたのでよかった。少し食欲が出て肉までばりばり食べていたので、ほっとした。楽しいことは病気を治すいちばんの近道だ。

4月6日

宇津木さんがわざわざ下北までいらして私のスタイリストをしてくださり、メルシーボークーのすてきな服を着て撮影。しかも撮ってくれたのはポートレイトの鬼、鈴木親さんであった。どうせ撮ってもらえるのなら、お見合いする前に撮ってもらえばよかった（してないけど）。そしてそれを使ったら今頃玉の輿《こし》に。

しかもギャラはまだ未放映のウルトラマンメビウスのフィギュアをはじめてんこもりのウルトラグッズであった。これまでチビにいくら「ママがお仕事をして、そのお金でウルトラマンを買えるんだよ、だから今静かにしてて」などと言っても全く理解していなかったが、今回は見せたら大喜びして「ママがお仕事をして、ウルトラマンもらえる」とすんなり理解してくれたが、少し意味が違う気も。

4月7日

ハルタさんといっしょにヤマニシくんの展覧会を見に行った。彼の原画の良さは絶対に印刷では出ない。ほんとうにむつかしい問題だな、と毎回思う。わりとしょっちゅう原画を見ることができる自分が幸せだと思った。まだまだ彼の中には色彩と想像世界の引き出しがたくさんあって、描けば描くほど出てくるだろうと思う。うらやましいほどに未開発のところをいっぱい持っている青年である。

そんな青年とハルタさんの近所の中央線らしいおそろしい話をいっぱい聞いて、共に震えた。でもハルタさんは昔スイカを持って歩いているだけでからまれたり、昔の彼氏が鍵《かぎ》の開いてる隙《すき》にいつのまにか部屋に入っていたり、生きているだけですごいことがいっぱい起きるので、多分原因はご本人……。

夜はフラ。代打要員なのであいているところに入れてもらって踊るが、毎回ポジションが代わりやることが変わるので、全然おぼえられない。りかちゃんが来て人がそろったので見学してアドバイザーに回ると「いったい何をもってよしとすべきか」を考えさせられた。

プロ的にそろっていて完璧《かんぺき》なグループは多分発表会の全体にふたつかみっつあればいいだろう。

うちのクラスはキャリアが長い人たちが多いから、本気で合わせる練習をすれば合うのだろうけれど、膨大な時間がかかるだろうし、それを深く考えはじめると自費でやっている習い事の域を超えてしまう。つまり最終的には人の選別をしなくてはいけなくなるのだ（私なんか一発でさよ～なら～だ）。

上のクラスに行きたくてオーディションを受けて落ちる人は自己責任だから全然問題ない。そうでないのに選別された場合は習い事ではなくプロ養成講座に間違って入ってしまったことに。プロへの道と習い事の「アロハ」は根底は精神性を真に鍛えるということで同じだが、道筋がまるっきり違うはず。

いずれにしてもクムはその人の踊りを見て愛情を持ってはっきりときびしく教えるのが仕事だとしても、クラス全体がどこを目指しているかは、クラスの人が考えることだから、そこはとってもむつかしいな〜、と思った。

で、お茶をにごして、そろわない人を目立たない列にしたりすると、きっとその心のわだかまりが踊りに出てしまうだろう。みんながこんなにも仲良く楽しんでやってます！　っていうことが伝われば、しかもやばいくらいに手抜きで下手でなければ、いいのではないかという結論に達した。それぞれが発揮しているものが人に伝われば。

踊りのクラス分けは「趣味で短期間やってみたい人」「趣味ではあるが長く続けてあるレベルに達したい人」「とにかくプロあるいはセミプロとして人前で踊りたいという人」ではっきり本音で分けるのがいちばんだな、などとも思った。なによりも考え方が踊りに丸々出てしまうからだ。

帰りに世界でいちばんお笑いにうるさい美人たちグループとごはんを食べ、なんでこんな精鋭（笑いの……踊りもね！　↑フォロー）がそろったのだろう……としみじみ思った。

4月8日

ヌッキーが会計士の試験に受かったので、祝いの宴。最後はカラオケでおごりかえされた……。そして中島みゆきの「ああ、ちょっとだけ知っているけどタイトルが浮かばない」「たまに口ずさんでしまうのだがサビしかしらない」などという曲がヌッキーによって次々に解明されて、胸がすく思いだった。

ヌッキーの部屋には夜中ドアの外に幽霊の女の子が「あけて！　あけて～！」とすごくうるさくやってくるそうだ……。それだけで震えていたら結子が「その子はいろんな人の部屋を回ってるのかもね」ともっとこわいことを言った。でもヌッキーは「すごくうるさいから何回も起きちゃうんだけど、『あけて！』って言われたって『あけないよ！　あけるわけないよ！』と思ってがんばって寝る」と淡々と言っていておかしかった。

陽子さんが泊まっていったら、ビーちゃんが夜ばいをかけようとするも勇気がなくて猫の手でふすまをそっと開けてのぞくだけ、というのが人のようでおかしかった。

4月9日

「HAZE」を見にいく。満席だった。

そしてとっても心あたたまる映画だった。女の人が出てきたところでオチが突然わかってしまい、わかってしまったのに「いい映画だな〜」と思った。映像の力もあるし、やはり彼の上品さだろうと思う。

寝るときチビがあまりにも乱暴でマックスなんとか（マックスに変身する棒みたいな奴《やつ》）で私をなぐったのですごく怒って手をぴしっとぶって「ごめんっていいなさい」と言ったら、「ごめんなさいよ」（よ？）といやいや言ってしばらくしてから「ママ〜、仲直りする？」と言ってきたので、「仲直りしよう」とにこにこしてあげたら、「ママ笑ってる、ママの笑った顔かわいい顔だね」などと高度なことを言い出したので、「かわいいのはきさまだ！」と思いながらやっと寝た。時計を見たら3時だった。寝不足。乳を三時間おきにあげていたときよりも、ある意味寝不足。

4月10日

久し振りにお見舞いに行かない日々。しかしあまりに異様な生活時間帯で暮らしている方々なので、実家の人たちと電話が通じない。なんということだ、入院でもしてないとしゃべれないとは！　姉とまで！

夜はシアタープロダクツにちょっと寄って、テオ・ブレックマンさんの天使の生歌を聴き、得した。コサカくんはミキサーとしてものすごくかっこよく働いていた。コサカくんは微妙に時間帯が合わなくて共に働きそこなったが、なかなかいないようないい人だ。彼のいい人さというのは、人当たりがいいわけでもなく気が利《き》くわけでもないのだけれど根底に流れていて変化しない信頼できるもので、こういう人こそ真にやりたい仕事についてほしいと心から思った。良い人材はあふれている。大きい会社はすぐ戦力にならないといけないので、口がうまく手をすぐ動かせる人が受かる。雇用する方に見る目がないのだ。まあ、こういう人材たちがポジションを得ることで社会が静かに変わっていく時代がもうすぐ来ると思う。

それで、シアタープロダクツの金森さんは優秀な人みんながそうであるようにやはり謙虚なままであった。顔のまわりの濃い色に見ほれる。才能がある人の匂《にお》いがむんむんしてきた。

六本木は私が遊んでいた（大した遊びではないけど深夜までよくいたから）時代より数百倍くらいすさんでいる感じがする。ハゲヤクザとホステス三人（うちわけは、一人は着物、一人は少しマダム、一人は若い若いぴらぴらのドレス）とかの組合せも昔はもっとほのぼのとしていたような。今はもう彼女たちの心の時給計算が見えてきそうなくらいぴりっとした感じだ。でもある状態にいるとあのすさみが安らぎなのよね。

4月11日

何回やってみても、サイン会って意味がよく理解できないな〜、と思う。日本と海外のサイン会の違いなんかもなんとなく感じる。どっちがいいとかではなくって。

それから、人ってうまく表現できないだけで、みんな実はいろんなことをほんとうによくわかっているんだな、というふうにも思う。初対面の人にまとめて会う疲れも普通に感じた。

私は売れる売れないにはそんなにすごく興味はないけれど、売れるものはあなどれないと思う。社会に暮らしている人たちは作品などから発しているエネルギーに正確に反応する。どうして好きなのかを言い表すすべがないだけだ。だから売れているものに入ってる輝きをあなどってはいけないと思う。エビちゃんとかおぎやはぎ（そんなに売れてるのだろうか……）なんかを見ててしみじみと。だから、自分の本の良さをわかってくれている人たちを生で見ると、伝わっていることが嬉《うれ》しいと思う。

そしてサインをしていたら横でうろうろと立ち読みしているのは俺たち親子を救ってくれた助産婦さんではないですか！　なんかものすごくほっとした。昔、極限状態のときにいっしょにいてくれた人の顔を見ると、無条件にほっとするものだ。いてて、と思っているときに関さんがすっと部屋に入ってくるとそれだけで頼もしかった記憶がよみがえってきた。

いずれにしても読者に美人やかわいい人が多いほど、男性作家でなかったことがしみじみと悔やまれる。

4月12日

チビラくんは魚たちとまな板のセットで包丁で鯛《たい》を三枚におろすおもちゃを持っているのだが、このあいだふと見ていたら、鯛を三枚におろしながら突然「おならお〜なら」と歌い出したので、彼もチャングムを見すぎていることがよくわかった。

そんなチビが夜明けに高熱を出して突然吐いたが、我ながら母とはすごいなあと思ったのは、自分はまだ寝ているのにゲロの音と同時に窒息しないよう彼の首を横向きにしたことだった。春の子どもは風邪引いてばっかりだ！
朝イチで病院にダッシュした。

4月13日

お仕事の帰りに駅前の立ち飲み屋で打ち上げをして煮込みとビールなど飲み、森くんと加藤さんとサラリーマン気分を爆発させ、ほろ酔いでピーコックで買い物して家に帰った。理想的な仕事の終わり方であった。チビはかなり回復して桃のびん詰めをぱくぱく食べていた。
りかちゃんにあげるために木之内みどり大全集をダビングしていたが、時代を反映した歌詞がシュールでものすごいし、歌声がエロすぎて目まいがしてきた。「乾いた都会で陽気に飲めば、昨日などいらない」って、飲みに行ったくらいでそんな境地に！「よれよれのジャンパー背中にバーボンを飲み干す仕草が人目引く芝居と言われても」って、それは人目引く芝居だよ！つっこみが止まらない。

4月14日

フラを見学。みんな衣装をつけてとってもきれいだった。

最後のチームはラメラメでふとももが見え見えでブラもキラキラで、それを「うお〜！　すげえ！」「いいからとにかくTシャツを脱げ〜」と言いながら見る私たちはストリップ小屋の客のおやじみたいだった。

そして、あんなすごい服を着ているのに全くの平常心で普通にしていられるクリ先生はほんと〜にすごいなあ、と思った。真のダンサーですな。

お腹《なか》がへったのでごはんを食べて帰ったが、いつもの店が混んでいておじさんに「ごめんね！」と言われたのにりかちゃんが「いやっ！」と言っただけですぐに入れてもらえたのでびっくりした。さすがだ！

4月15日

メビウスがマニア心をちっともくすぐらないので、しかも私が意味もなく昔から毛嫌いしている青春群像ものなので、かなりがっかりしながらも、料理をしながら「今すぐできることはなんだろ〜う、なんだろ〜う」と歌ってしまっていた。

チビも「だれもがひ〜ろ〜じゃな〜い、ひ〜ろ〜じゃな〜い」とゆっくりテンポで歌っていて力ががくっと抜ける。大事なのはちゃんとコーラス部分をリピートしていることですね。

4月16日

チビにせがまれて伊勢丹に餃子を買いに行くも、ふとバーニーズに寄ろうと思い「ああ、でもコバヤシさんがいないとほんとうに淋しいな」とつぶやきながら入った瞬間にコバヤシさんに声をかけられて心底びっくりした。新宿で少しおかしい人や淋しい人や子どもが歩きにくいくらい意地悪い人混みなどをいっぱい見て、多少心がしょんぼりしていたので、ますます嬉しかった。人は結局人に会いに行くんだな、物ではないんだな、とやはり思った。今はジュエリーを自粛しているので、化粧品や服を買って満足して帰宅した。

バーニーズで売っている下北っぽい服と、下北で売っている下北っぽい服のあいだには価格以外にもデザイン的に似て非なる、深くて暗い川があることをしみ〜じみと思い知った。

家では陽子さんに買ってもらったおままごとセットでチビがものすごく刻んだり混ぜたり塩こしょうをしたりしていたが、鍋《なべ》にふたをさっとしたり、やたら手早く混ぜたりしてみんなチャングムのまねでおかしかった。顔もまねをしているので最高。「あ、お酒を取って。ママ、今豆を作ってるからね」と言っていた。

4月17日

風邪がうつってどんどん具合が悪くなっていく……。

冬虫夏草でも止められない勢いであった。今のうちにと思って、足の裏をもんでもらいにいったら、体の痛いのが軽くなったし、よく眠った。

結局は睡眠不足だ！

春樹先生の青い本を読んで「ああ、この人は小説家だが私は小説家ではないな」としみじみと思い、ノーベル賞をますますあきらめた。取りたいわけでもないんだけれど、なんか捜して別ジャンルに行こうと思った。それは私が彼の小説や生き方が大好きすぎるからかもしれない。大好きな人がそのジャンル（この場合、小説家の中でも小説を読むのも大好きで、海外で訳されていて、ノーベルに近い界）にいたら、自分は別にもういなくてもいい。クリ先生よりも踊りがうまくなりたいとは思わないのと全くいっしょである（どっちもできるかどうかは別として）。

「日本はどうなると思いますか？」と聞かれて「そういうダイナミックな質問はもう一人の村上さんにしたほうがいいと思います」って答えてるのが最高におかしかった。

実家に行って、風邪をうつさないように卑屈にごはんを食べた。姉が羊のあばらを丸焼きにしていてびっくりした。家でする料理を日々超えていってる感じ……。

4月18日

風邪でつかいものにならず、卵は割り損ない、お茶はいれ損ない、医者に行ってからしみじみと寝込んだ。

りょうさんが「とかげ」をすばらしく朗読している美しい映画を観《み》に行って、あまりの文章のだめさに書き直したくなる。書き直したら出版してあげようと横にいた石原マーちゃんが言って、ふたりでタイトルを考えた。「ものかげ」「こかげ」「ひとかげ」なんだか、だめな感じだ。

風邪で頭が腐っていてタッキーに一時間間違えて待ち合わせ時間を教えてしまった。石原マーちゃんに「それがばなな事務所の修行か！」と言われた。しょんぼり。

4月19日

ものすごく具合が悪く、メールなどの返事を書くのもやっと。字がかすんで見えた。

薬を飲むと三時間くらいかろうじて起きていられるので、そのあいだにごはんを食べに行くも（だって、作るか食べに行くかしかないんですもの！　自分だけだったらなにもしないけど、自分だけじゃないんですもの！）、薬が切れてほんとうに立っていられなくなった。そこで十二時間ほど寝たら、少し良くなったのでほっとした。そしておそろしいことに、今日も二回も竹中直人さんに会ってしまった。「こ、こんど具合がいいときごあいさつします……」と心の中で思った。もういよいよ正念場って感じ。逃げられないって感じ。

4月20日

やっと光が見えてきたので、這《は》うようにデパ地下に行き食料を買い込み、なんとか一日をしのぐ。そして辛い韓国冷麺《れいめん》を食べる。これはなぜか治りかけの私の風邪には効く食べ物。冷たさと、辛さ、酸《す》っぱさ、どんぐりの粉がみんな合うみたい。ふだんはそんなに好きな食べ物ではないので不思議。

しみこさんにチビをまかせて、またまた寝る。十五時間くらい。どうも睡眠不足だったようだ。それでもまだ目がかすんでよく字が見えないし、目まいもする。

夜寝るとき「きのうはげんあんと遊んだ、今日はしみちゃんと遊んだ、ぐふふ～」とチビはひとり楽しそうであった。そして「ママもう大丈夫？　ママが心配。ママお熱ある？」などと優しい言葉でだましながら首の骨が折れるくらいに首に乗ってくる彼。

4月21日

人生がやっと少し戻ってきた。パソコンの字も見えるし、本も読める。ああ、よかった！ と思いながら、春菊さんのおうちに行って、受け流して、対談をする。あまりにもいろいろ正直に話してくれるので、受け流すことだけはしまい、と思う。たとえ嫌われても、受け流すことはしまいと。ほんとうに大変な話題は「そうよね～、大変でしたね～」と受け流すのがきっといちばん簡単だし、多くの人がそうしているだろうし、本人も受け流してくれるものだけれど、これまでいつも彼女の作品に救われてきたので、できない。

子どもがいるうちっていいな、とほんとうにほっとするおうちだった。そのへんでおしめを換えたり、着替えがあったり、机やイスがなんとなくぺたぺたしてるのも、うちと同じだ。私はそういうの大好き。すごおおく気楽～！

でんこちゃんグッズをいただいたら、チビが「これはでんこちゃん、これはにゃーし、これはだんなさん」ときっちりおぼえていておかしかった。

夜はやはり風邪で瀕死《ひんし》のタッキーにチビをたくして、藤谷夫妻と半年ぶりか一年ぶりくらいにゆっくり会った。人として間違ったことをしなさそうなある意味昔型の人たちで、ほっとする。最近変な人が多いから、そんなことがほんとうにすてきに思える。懐《なつ》かしいような人たちだ。

それを言ったら春菊さんもそうで、あんなに波瀾万丈《はらんばんじょう》だけれど、きっとめちゃくちゃなところもあるんだろうけど、喜怒哀楽がおかしくない。おじょうさんが対談中にふつうに「かあちゃんのとなりにすわりたい」って来て、「あっそう」ってイスを出していた。私も父のそばでそうやって育ったのだ。そういうことさえ、ほっとする。

4月22日

いっちゃんに長時間チビをたくして、発表会を見に行く。

はじめちょっと心配だったが、Mさんといっちゃんが手を振ってくれたとき、小さい幸せを感じた。ふたりともチビを心底かわいがってくれる。安心だった。

さっとバーゲンに寄って、ぞうりなど一瞬で買い、アウアナに間に合ったので最初から見た。もはやすごく変わった学校になっているけれど、まあそこがいいところだな、と思った。自分のクラスの時は自分が出てる以上にどきどきした。そしてリハが間に合わず出だしがずれたようでバラっとなったが、そこから持ち直した彼女たちの落ち着きに感動した。オガワさんの舞台映えすることにも驚いた。ものすごく舞台慣れしているのだ。普段いっしょにいてもわからないことってあるんだなあ。りかちゃんが「きっとばななさんあの瞬間にゲロ吐きそうになったよ！」と言っていたそうだが、まさにその通りだった。陽子さんとぶるぶる震えていた。

4月23日

決して止まらないチビの三歳児トーク。

日曜日など一日いっしょだと逃げることができない。よその家の人なら、たとえば十二時間いっしょにいても、あとでひとりの部屋に帰れたり、ドアを閉めてふうとひと息つけるが、それもありえない。これはまあ、かわいい拷問《ごうもん》だが、一種の拷問だな～とマジで思う。特にこういう仕事の場合。今も横でマシンガンのようなトークと、質問の嵐《あらし》。前にランちゃんや銀色さんがものすごくこの状態に苦しんでいるのを読んで「あれほどの人たちも？」と不思議に思ったが、自分に降りかかるとよ～くわかる。少しでも自分のことをしていると「それもうやめる？」「もう終わる？」「こっちを見てよう！」と百回言われるし。ほんとうに百回言うからなあ。

それで最終的に必ずケンカになるんだけれど、ゆずってはいけないところはゆずらないようにしようと思い、そこでまた大騒ぎ。たとえばコーヒーメーカーからポットを引き抜こうとするのを止めるとき、犬のおしっこをわざと踏むのを止めさせるとき、相手はこっちが怒るとふざけてごまかそうとするんだけれど、負けずに怒る。しかしコーヒーメーカーは命に関わるが、犬のおしっこははっきり言って自分のつごう。微妙だなあ、と思う。「ここはみんなの家で、困ることは止めろ～」という理論になるが、まあ、まだわかるまい、ニュアンスしか。

それで結局相手は泣きながら「チビちゃんのこと好き？　かわいくないの？　怒ってもママはチビちゃんのことが大好き？」とかかわいいことを聞いてくるので、説得しているうちに彼が疲れて五分ほど寝てまた充電されてしまい、拷問が再スタートするのだった。

しかし、これはあとで振り返ったら「幸せな期間だったな」と思うことがわかっている疲れである。

そんなチビは晩ご飯をぷいっと全く食べずにTVを見ていたのだが、夜中の十二時に突然「ごはんを食べます、お魚を焼いてください」と言われた。君は下宿人か？　と思いながら、ちりめんじゃこをかけたごはんを出したら、なんと一杯ぺろりと食べた。ううむ。そして「牛乳を飲みます」と言うのでコップに入れて出したら「これは少し冷たいようでした」と言われた。下宿人だ……。

4月24日

風邪でないってすばらしい！　と思いながら一日を過ごす。

「俺のハンバーグ」に俺のハンバーグを食べに行ったり。しかし俺はしっとりした肉っぽいハンバーグが好きなので、おいしかったが、別もののおいしさだった。今度は自家製のほうを食べてみようと思った。そして飲み物はなにがあるかな、とメニューを見ていたら「俺のコーヒー」というの以外になんと「カフェ俺」というのがあって大笑い。これを思いついたときお店の人は天にも昇る心地だっただろうなあ。

4月25日

そのみつの靴をつくりに、ヘキサゴンカフェへ行く。

私の生き様のおおざっぱさが足から絶対に彼にはわかっただろうな、と思う。

スタイリストの大森さんがちらっといらしたが、十年くらい会ってないのに、私よりも絶対に年上なのに、全く変わらない。私も、おしゃれな牛窪さんも、めっちゃかわいい夏美さんもそうとう年齢不詳だと思うが、あの変わらなさにはぶるぶるふるえた。どんな魔法を？

きっとヒロチンコさんもそのみつの靴が好きだろう、と思い、あとから採寸に行く。案の定、いちばんヒロチンコさんくさく「これを買うだろう」と思った靴に落ち着いた。そして私たちは「かかと細細夫婦」だったこともわかった。

4月26日

勇気を出してベッドを買い換えた。というのもこのベッドは三組の夫婦が離婚した魔のベッドで、寄る年波でそれがだんだんこわくなってきたのである。すごくすっきりした気持ちになった。

昼間高橋先輩とミカちゃんと結子がお茶してるというので、手みやげをもって会いに行った。みんな変わらない。見せてもらった先輩の写真は国宝級になってきているので、こうして近所の喫茶店で生で見ることができるのもあと数年だろうな、と直感した。奈良くんのときも同じことを思ったのだ。

若木さんがいつものようにフレッシュにやってきたので、そのフレッシュさにも驚いた。写真のままのフレッシュさだ。

ヤマニシくんと話していて、このところずっとわからなかったことがぴーん！とわかって芋づる式に情報が自分の中からずるずるっと出てきたので、人は実はだいたいのことがわかっているんだな、という気持ちがますます強くなった。

4月27日

菊地さんのライブ。

バンドが生まれる直前に一度見て以来なので、一年のあいだにあまりにもバンドが完成されて成熟しているのに驚いた。楽曲の良さがきわだってあらわれていた。

ああいう音楽は飲み物といっしょにいいかげんにしかしハッとして聞きたいもので、アルゼンチンのクラブにいっぱい行ったことを思い出した。でももちろん音楽は現地ほど泥臭くはなく、エキゾチックで洗練されていた。菊地さんは才能があるなあ、そしてライブのほうがやっぱりすばらしい。録音されちゃうと消えてしまう音楽の生命の魔法をいっぱい持っている人なのだろう。

下北にかなり微妙な駄菓子屋さんがあり、とにかく安い！　野口整体の野口先生の奥さまが書いた本の中で「孫には自由に選ばせてなんでも買ってやるべき。そうするとそのうち欲がおさまってくる、大人が欲を押さえるとそれが刺激になってさらに買いたくなる、欲しいのは心であってものではないのだ」というエピソードが載っていて、なるほど、確かに私もジュエリーは行くところまでいって、治まった。それに比べ、この店ならいくらでも！　と思い、いっしょに行くときはいろいろ買ってあげる。確かにしだいにしっかり選ぶようになっているし、いらないお菓子まで買いたがることはなくなってきたので野口先生の偉大さがしみじみと納得できる。叱《しか》り方とほめ方の本なんて子育てのバイブルって感じだ。

今日は「かわいい赤ちゃん」にミルクをあげるセットを480円で買った。ミルクもほ乳瓶もコップもそれを洗うブラシもついていて、赤ちゃんもかわいくて、チビも私も楽しい。

なにが微妙って、そこにはかなり危険なバッタ物がいろいろあるのだ。どう考えてもちびまる子なのだが「げんきな子」と書いてあるふで箱とか。今日見たもので衝撃的だったのは、明らかにムシキングだよな、というカブトムシのフィギュアに「カブトムシ大王」と書いてあったものである。カブトムシ大王!!!　微妙！

4月28日

カートくんのラストデイズをもっとがんばって追ったドキュメンタリーを観る。

ううむ、コートニー、ものすごいビッチ！　ほんもののビッチ！　他の追随を許さないビッチぶり！　お会いしたとき笑顔で「あなたのようなおじょうさまはイスにすわんな」とイヤミを言われたが、マジで「ほんまです、その通りですわ～、すんません！」と言いたくなるくらいのビッチ。弱くて魅力的なところもあるところがまたビッチ。もう誰も彼女を止められないでしょう。私もきっと止めたくないし。

彼女に会ったときなぜかマイケル・スタイプもいっしょにいたんだけど、彼がいる前といないところでは彼女の人格が憑依《ひょうい》くらい違ったのも正しいビッチぶり。

まあ、時効ですから言えるんですけどね。

というか、そのドキュメンタリーまともな人がひとりも出てこないので、逆に「カートよ、この環境でよくあんなにいい音楽をやっていたね」とますます感心した。田舎の地元ってまあそんなものかも。殺しを請け負ったというハエ叩《たた》きをいつも持ってる裸のおっさんもすごいし、住み込みでベビーシッターをしていたビールラッパ飲みのおじょうさんもすごかったが、そのおじょうさんの友達だという、もはやデヴィッド・リンチの映画にも今や出てこないようなすごいおばさん（ピアス、胸の谷間、すっごいお化粧）にも驚いた。そのすげ～おじょうさんがベビーシッターにあの界隈《かいわい》では最適の人材だったんだろうな、あれでも、ということもよくわかった。コートニーの元彼にも爆笑したし、コートニーが昔書いた「夢の実現メモ」にも笑った。

「俺、なんか間違ったとこにいるな」と思ったとき、いい人たちに支援を頼む力もわかず、生き抜く体力もない、それがドラッグ漬けライフの悪い面だな、としみじみと思った。もちろんいい面も見知っての発言。

4月29日

フラの打ち上げであまりにも笑いすぎて腹筋が痛い。

「フラで踊りすぎて」でないところが、とても悲しいポイント……。

そして新聞のTV欄で最高に笑えたところ。

「アンジャッシュのコント。児嶋一哉は渡部建に新しい恋人の話を始めた。渡部は児嶋が最近購入した車に話題を変える。だが、それに気づかない児嶋は恋人の話を続け、渡部は車の話題で会話を進めていく。渡部が『(車を)傷つけるなよ』と言えば、児嶋は『(恋人を)傷つけたりしない』と返答。」

大まじめに書いてあるので、本物を観《み》るよりいっそうおかしい。ただでさえ痛い腹筋がこれを読んでいてまた痛んだ。

4月30日

資料の本買いまくり、もう嬉《うれ》しさが止まらない。しばらくまた勉強の日々だ。新しいことを学ぶのはほんとうにすばらしい。大人になって制限なく本を買えるのも最高。それから私はいろいろな人にだまされすぎて、もう絶対にほんとうに友達ができたり、心が震えるような切なさを味わったり、思いやりあってわかりあったりすることはないと思っていたけれど、四十過ぎてフラの友達が新しくちゃんとできた。共に踊るのはセックスするよりもわかりあえる。共に踊りを踊りながら好きになった人たちは、ほんとうに好きになれる人たちだ。

いくつになってもあきらめてはいけない。

陽子さんがコーヒーを飲みつつチビに「いいお天気ねえ〜」と言ったら、チビが牛乳をくいっと飲んでから「天気の悪い日もある」と答えていた。茶飲み友達？

5月1日

微妙な駄菓子屋に行ったら、今日はついに「こんちゅう王者」を見つけてしまった。バッタものの可能性は無限ね（？）。

母の誕生祝いをかねて、実家にケーキを持って寄る。母は目まいは残るものの楽しそうで、声にもはりがあった。

チビが調子に乗って駒込病院の院長先生にまでチュウをしていた。

「チビちゃん、ママはもう帰るよ、泊まっていってさわちゃん（姉）と寝たら？」

と言ったら、チビが、

「チビちゃんは、さわちゃんと寝なくていいんです。今日はママといっしょに帰るんですよ」とまじめに答えていた。

姉が今度は羊の塊肉の塩がま焼きを作っていた。とてもしょっぱかったがおいしかった。そしてそれをふきごはんといっしょに食べると、果てしなくモンゴル料理に似た味がすることを、ハルタさんと共に「おお！」と発見した。

5月2日

橋本一子さんの新しいバンドのライブ。

すばらしかった……。音楽活動ができない時間もいつも音楽と共にあり、生き方に関してもだらっとなっていない一子さんだからこそ、常にはりつめた新鮮な音楽を作れるのだろう。音楽ってすばらしいなという言葉が素直にあふれてきた。

最近ライブにはとってもついている。ちょうど八十年代後半みたいな感じで、音楽の人たちがそれぞれの世界で生き生きと輝いている。

一子さんもフジモトさんも妹さんも全く年を取らず、ある意味若返っているのでびっくりした。すごい人たちだ。

手塚、岡野夫妻も変わらず。とても都会的で映画のような大人の夫婦なのに、あの二人を見るとなんとなく少年と少女がいる、と思ってしまう。単独でお会いしてもそう思わないのに。

飴屋《あめや》、コロスケ夫妻も元気そうでぴかぴかしていた。というかほんとうに元気で健康な飴屋さんを見たのは、もしかして十年以上ぶりかもしれない。ああ、ほんとうに今元気なのだな、と思うような光り方で、彼のまわりの半径一メートルくらいを半透明の金色の光が照らしていたので驚いた。生きていてくれてよかったなあとも思った。

帰りに、これまたすごく昔にへべれけの状態で深夜に一回だけ行って、なんだか餃子が考えられないくらいおいしかった店に寄った。あの時の記憶……と思ってもへべれけだったので夢の中の餃子にしか思えない。ほんとにここだっただろうか、と入るまで自信が持てなかったが、合っていた。リスキーな外観の店なのですごいスリルだった。

姉と石森さんとヒロチンコさんといっぱい餃子を食べた。

5月3日

ベイリー夫妻が下北に遊びに来たので、お刺身の店で力強くがばっとお刺身を食べてから、その近くのバーに泡盛を飲みに行って、おじさんおばさんらしくジュークボックスやピンボールにはまった。45回転のレコードの音でないと再現できないあの感じこそがロック（いくつなんだ？）！

なによりもチビがすごい速さでピンボールのやり方をマスターしてひとりイスに座ってやっていたのでおかしかった。

その後でチビがまるで「好きな女をじっと見つめる男の映像」みたいな様子で窓の外を狂おしく切なく見つめていたので、なにごとだろうと視線の先を追ったら、なんとそこには彼の生きがいである微妙な駄菓子屋さんがかすかに見えていた。

そして「あそこはいいところだよ」とつぶやいていた。

5月4日

「タイ料理、タイ料理食べたい」とつぶやいてはや一年、下北についに新しくタイ料理の店ができたので「やった〜！」と思う。味もいいし、タイの人が作っていて完《かん》壁《ぺき》！　願ってみるものだ。

今日はひろみさんの新居に遊びに行った。

池袋に7年以上通っていた私、懐《なつ》かしくて吐きそうになった。そして今の私であの頃に戻れたら無敵なのだが、なんとむだな時間をいっぱい過ごしてしまったんだろう！　と思った。そのくらいに暗い気持ちの高校時代だった。すさまじい憑依体質でいつも苦しんでいたし。人生はいくらでも取り戻せるなあとも思った。

ひろみさんの家は眺めがよく、彼女の選んだすてきなものがいっぱいだった。家を買うとたいていの人は頭に血がのぼってしまうのに、彼女は浮き足立たずに地道にものを選んでいるし、買いすぎていないし、ちゃんと家をよく見てから配置も考えているし、ほんとうにえらい人だと思った。女の子らしいいっしょに東武にお洋服を買いに行き、それぞれの似合うものを選び合った。（いくつやねん！）楽しい一日だった。最後に手を振って別れたとき、ほんとの同級生だったみたいな気がした。

5月5日
こどもの日なので、おもちゃ屋さんの半額セールに行く。
仮面ライダーXのフィギュアを買った（なんて微妙なものを！）。

そして家には「ROCK THE ULTRAMAN」のCDが届いていた。すごい!!!　すごい選曲で、ウルトラマンレオの歌なんてかっこよくて感動し、チビといっしょに歌ってしまった。

あと「死神の子守唄《こもりうた》」は子どものときにとっても好きだった曲だったのでたまに口ずさんだりしていたが出典がわからず（あらゆる意味でこの人生が間違っています）、このCDに入っていたことで長年の疑問が解決した。

いずれにしてもものすごいメンツが演奏しているので、あらためてこれらの楽曲の良さがわかる。そしてこんなCDを作るのに浮き足立たず受けも狙《ねら》いすぎずに音楽としてちゃんとプロデュースしている中込さんはほんとうにすばらしいと思った。

長年ひとつのことをやっているということの凄《すご》みだ。

フラの帰りに前に行ったすごい麻婆豆腐の店に行って、みんなで沈黙して食べる。それまでの会話がぴたりと止まる辛さである。変な汗が出る辛さ。

あまりにすごすぎておしぼりの色が取れずおしぼり屋さんに怒られる、と店のママが言っていたが、ほんとうにすごい色だ。赤と緑が混じったような。おいしいんだけど、苦しかった。

5月6日

こどもの日アフター（？）なので、おもちゃ屋さんの半額セールに行く。子どもがわがままを言い出したので「だめだよ！」と怒りながらもよく見ていると、親のつごうのほんとうの気持ちがわかってくる。欲しいものをじっくり見たいのに、親のつごうで時間がないということや歩き疲れていることがほんとうの原因なのだった。そんなとき、だだをこねるほどに親が冷たくなるのが悲しいのであった。

なので、とりあえず仲直りして相談しあって、解決して、ちゃんと選ばせたら、「ウルトラマングレート」のビデオを五百円で買いやがった。これってすごい代物《しろもの》で、変身する主役も科学特捜隊に当たる組織もみんな外人。しかも外人エロビデオに出てくるようなB級の役者さんたち。観ていたらなんだか目まいがしてきた。でもチビが嬉しそうなので、よかった。子育ては勉強になるなあ。

5月7日

ハチクロのはぐちゃんが「キャンディ・キャンディ」みたいな決断をしていてびっくりする。

そうか〜、としみじみする。

私は死んでも損してもどうなっても面白いから森田くん（いちばん好き）についていくタイプだが、今思えばテリィもろくでもない奴《やつ》だしなあ（？）。チカさんの作品に対する、人物に対する愛情で胸がしめつけられ、はぐちゃんといっしょに泣いてしまった。あの人たち、全員がもう心の中で友達だ。誰も不幸になってほしくない。

5月8日

少し家から離れたところにいつも混んでいる焼き鳥屋さんがあって、確かにおいしいのだが、時間が止まっているのである。

TVも湯飲みもお皿もコップも店のおじさんの外見や人柄もみんな昭和40年くらいなのである。

なにひとつその頃のものでないものはないのである。お客さんまでもが。なので、そこに行くとタイムスリップしてしまい、自分は気取ってアラビアのカップなど使い、アレッシのポットでお茶をいれたりしているが、実はこういうところ出身だった！と思い知って恥ずかしくなると共に、自分の体験した時代の幅を味わうことができて面白い。

5月9日

「愛くるしくて大好きな牛窪さんとはお互いに連絡先も交換していないし、私は牛窪さんがやっているカフェにめったに行かない(最近はヒロチンコさんの仕事場が近くなったので、行けるようになってきた)。

しかし!! 会えるのである。この十年、会い続けているのである。

F.O.B COOPを辞めてしまったとき「ああ、淋しいな」と思っていたら、なんと渋谷の西武の屋上の植物の店でばったりと会い、そこも辞めてしまって淋しいな、もう会えないのかな、と思っていたら、バーニーズ新宿店でばったり会った。そしてそのあとカフェを始めたと聞いたが場所がわからないなとまさに思っていたとき、ばったり会った夏美さんが場所を教えてくれた。そしてデカ腹で行って会えた。そして子どもが産まれたりしてしばらく行けないまま月日がたち、最近恵比寿のアトレの本屋さんでばったり会った。すごいなあ、と思っていたら、今日はなんと夕方ふらりと立ち寄ったビストロで外を見ていたら、牛窪さんが突然入ってきたのであった。よく来るの? と聞いたら、はじめてだとのことだった。ううむ。どういうご縁なのだろう。

「ただ一生ばったり会い続ける縁」？

5月10日

英会話に行く。いろいろな人となんとかして英語でしゃべろうとするので、なんとか英語のことを思い出すが、かなりきびしい。ただ、マギさんの発音がとてもはっきりとしているので、耳に残りやすく、この英会話教室はかなり有効だと思っている。あと私の場合は抽象的な会話を海外でしなくてはいけないことが多いので、その点でも役立つ教室だとしみじみ感じる。いろいろな世代の人と英語で話せるのもありがたい。

ほんとうに、十代にもっと勉強しなかったことを悔やむ。

しかしそれというのも、もちろん自分が悪いのだが、勉強とは敵だ、つまらないに決まっている、というやり方で勉強させられたからだと思う。学校から得るものはひとつもなかった。いいところは、友達ができたことだけだ。私の頃は学歴社会に対する信仰がピークだったので、人によっては週に五回も塾へ行き、ほんとうに死ぬほど勉強していた。勉強ができればヒーローだったし、できなくなったことで命を絶った友達さえいる。

あれで「勉強すると将来うんといいこともある」って思うのは無理だろう。朝から夕方までほとんど座りっぱなしで興味のないことを面白くない教え方でつめこまれるのだから。教師のせいだけではない、もっと自分で捜せば良かった。卒業してから教師と会うと、面白い人はほんとうに面白く、どうしてそれを教室で出してくれなかったの？　と思う。

5月11日

今日は道でばったりアヤコさんに会ったが、いつも会ってるような気分がして、やっぱりいっしょに踊った人はなにか違う、と思った。ダンスのすごさを知る。

あと、昔ほんとうによくしてもらってなかなか会えなくなっていた飲み屋のママ、英さんにもばったり会って嬉《うれ》しかった。中上健次先生からいただいた唯一《ゆいいつ》のほめ言葉の中にも「ばななは英さんに好かれている、そういうところはすばらしいよ！」というのがあったくらいだ。十五年くらい会っていなかったので、ちょっと泣いてしまった。

夜は「イルカ」の打ち上げで、石原マーちゃんに教えてもらったすてきなスペインバルにて大勢で集う。平尾さんのトークが炸裂《さくれつ》し、一生で一番たくさん「イケメン」

という言葉を聞いた。「松家さんは書いていることがイケメンで許せない」など、もはや顔だけではすまされない範囲でイケメンへの憎悪《ぞうお》が広がっていた。

5月12日

昨日の平尾さんの名言をヒロチンコさんから聞いた。

「人身事故を起こした電車に乗っていて、『ああ、この下で人が死んだのかも』と思ったら電車が止まっている間にどんどん気分が暗く悪くなってきて、きれいなものに近づきたくなり、電車を降りてから同じ車両にいたすごく美しい人に『事故大変でしたね、お茶飲みませんか？』と言ったらあっさりふられた」話、なんとなくとっても気持ちがわかるが普通はとてもそんなことできないというい話（亡《な》くなった方には悪いけれど）だった。

フラへ。

ヴェリナ組の打ち上げでクラスの人たちといっしょにごはんを食べて、これまでは知らなかった人たちといっしょにごはんを食べていて幸せだなあ、と心から思った。会ったら毒舌的冗談しか言えないが……。

去年、ものすごくいやなことがあった日、私が泣いていたらヒロチンコさんが「もう忘れろ」と心から言ってくれた。そしてバイトの同窓会で亡くなった店長の家に行ったらみんながものすごく優しくしてくれた。さらに用事があってタムくんの展覧会に行ったら、タムくんがすごくいい顔で絵を描いていて、なぜかそこにめったに会えない澤くんがいて並んで絵に描かれた。あの日は神が私に「それでも生きろ」と言った日だと思う。好きな人が急にみんな突然あらわれてすごく優しくしてくれたからだ。そしてあの日の謙虚な気持ちを私は一生忘れないと思う。

忙しい日で、そのあと最後にオガワさんの家に寄ったら、おいしい鍋物《なべもの》が湯気をたてていて、オガワさんがにこにこビールをついでくれて、大好きなワダ先輩がおかしいことをいっぱい言って、途中でオガワさんとしほちゃんがクリスマスのかわいい踊りを踊ってくれた。そのふたりのかわいい踊りを見て「フラはすばらしいな」と思った。あの気持ちこそが私にとってのアロハだし、あの日にオガワさんとしほちゃんが照れながら踊ってくれた踊りが「私の」フラだ。

あの人たちがなんの気なしに踊った踊りがどれだけ私をなぐさめたか、本人たちも知らないだろうと思う。

5月13日

在本彌生《ありもとやよい》さんの写真集「マジカル・トランジット・デイズ」すばらしい、文章もすばらしい。彼女の場合写真がすばらしいわけではない（と言っても、ほめているのです）。菊地さんの言うとおり、彼女の中のなにかがぎらぎらぬめぬめしているのがすばらしいのだと思う。会うと普通の少し印象が濃いおじょうさんなのに！

中に紙がはさんであって出版社の担当の方からの印刷されたお手紙。タイトルは「コメントのお願い」内容は「皆様からなにかコメントをいただけますと幸いです、宣伝に使わせていただきたいと思っております。心よりよろしく申し上げます」と書いてあるが、こんな漠然とした依頼は見たことがない。

とてもこの漠然とした依頼に、しかもノーギャラ（多分媒体が決まったらいくらかくれる気なのだとは思うけれど説明はなし）で答える気にはなれず、さりとて写真集とそこにさかれた時間、経験はすばらしいと思ったので、間をとってここにて書いてみた次第であります。

5月14日

歌子さんが来て、ハワイのすてきな話を聞いていたが、ゼリちゃんのワンワン！がうるさくてなにも聞こえなかった。そしてチビは阿波《あわ》踊りを踊って歌子に捧《ささ》げていた。変わらず強く美しくファッションはなんとなくギャルな歌子さん……憧《あこが》れる～。しかし私は「あなたはヒッピーになりなさいよ！　ビーズしなくちゃ！」とアドヴァイスをされた。が～ん！

ハルタさんと吉祥寺三越で待ち合わせをしたら、なんと三越ごとなくなっていた。あんまりだ！　なんとかして出会い、原さんのライブに行く。昨日すばらしい表紙を描いてもらって、今日は歌を聴くってなんだか不思議だった。若々しく、声も出ていて、どんどん成長しているような原さんはすてきだった。何曲かで感動の涙がこぼれた。

ハルタさんのおうちに寄って、お茶をした。ハルタさんの部屋に行くと、ハルタさんが普段ちょっとも汚いことや余分なことを考えずに暮らしていることがひしひしと伝わってきて尊敬を感じた。私はとてもそういう自信がない。まだまだだな、とふんどしのひもをしめなおした。

5月16日

ゲリーくんとごはんを食べる。

食中毒で倒れて来られないかと思われた彼だが、奇跡の復帰をしてビールも飲んでいたのでほっとした。でも忙しそうで気の毒に思い、仕事の話はしなかった。その分バカなことを言って、チビとかわりばんこに滑り台に行っては滑り、大いに食べて笑った。来年はみんなで旅行しよう、と言い合った。

えりちゃんとタッキーは年の頃も同じで独身だし、みんながゲリーを送りに行ってるあいだに恋が芽生えているかも？　とわくわくして帰ったら、めっちゃスピリチュアルな話をして静かに男らしく（しかもえりちゃんのほうがより男らしかった）酒を酌み交わしていたので、がくっと来た。

その上、えりちゃんはチビに美しい足を触られて「なんでいちいちももをおさわりしてくんだ？　あ～？」と男らしいコメントを発表していた。

5月17日

ヒロチンコさんの部屋に「超合金の仮面ライダー1号」と「ちょっといいフィギュアの仮面ライダー2号」（どうして彼らを数える単位は『号』なんでしょう？）があるのだが、チビはそれに触りたくてしかたない。そしてベビーゲートを超えて二階に行くときは常に見たこともないのにCMで覚えた仮面ライダー1号の歌のイントロをいきなり歌い出す。チャラララ、チャララララ、チャチャチャチャチャ～ン！　そして

「三十五年！」と言うのだが、それは多分ライダーが生まれてからの年数か？

5月18日

駒込病院にて、森院長と対談。

来ている人がみんな病院内の人なので、みんな白衣を着て聴診器をしてたりして、胸がどきどきした。いつ血圧を測られたり検温されたりするかと思って。

対談では出なかった話であとで雑談のときに聞いたのだが、森先生は手術の時手を洗いながら自分の顔を見て集中した「いい顔」になったら手術を開始するそうだ。そしてもしもいい顔になっていないときは、そのへんを一周するとか、タバコを吸うとかしてほんの少し待ってもらうそうだ。いい顔にならなければ、まだどこかがゆるんでいるのだから、手術はしてはならないと思う、と言う。

すばらしいことだと思った。

そういう気合いの入れ方を日常の中でしている人はやはり違う、そう思う。見習いたい。

姉が実家でおでんを作って待っていてくれたが、それはチビが「おでんくん」に夢中だからである。もちきんちゃくってなんで売ってないの？　と姉が怒って自分で作っていた。チビは喜んで食べながらも「にせおでんくんは？」と言っていた。そりゃむつかしい注文だ。

5月19日

寄る年波をかえりみずチビと格闘したりして過ごしていたら、なんだかがたがたになってきたので、ロルフィングを受ける。ものすごく効いた。やってくれたロルファーさんと結婚しようかと思うくらい。子供を作ろうかと思うくらい。

晩ご飯を食べる時間がなかったので、すぐそこって感じの焼鳥屋さんに行った。今拡大中の、三店舗くらい経営しているところだ。みんなものすごく忙しそうで客と目を合わせてくれない。目を合わせて笑顔を作れる優秀な人だけがどんどんへとへとになっていく、これはよくある話。若い経営者が突き当たる壁。

それというのも入り口に飲み物コーナーを作って飲み物の注文を全部そこでこなしているんだけれど、そこに専属でいる人がいないからもう動線がぐちゃぐちゃ。五人もいて、一人は焼き専属、一人は揚げ物他、一人はフロアと注文の整理、ひとりはフロアと飲み物、一人はなんでもやる……ってものすごく考え抜かれているようだけれど、こういうのを「机上の空論」っていうのだろうなあ、としみじみ思う。せまいところで五人が自分のことだけ考えていたら、お店は回らない。結局判断力のある人をひとり雇うだけですむことで、そのひとりの給料を高くするしかないんですよね。人材が全《すべ》て。教育ではおぎなえない。

全部で二十人くらいしか入らない店なのに、帰りに「お荷物あずかりました?」ってまさに一時間前に荷物を渡したその人に聞かれた。ううむ、疲れている。しかもヒロチンコさんのカバンが地べたに転がしてあったので「その地べたに置いてある奴《やつ》です」と言ったら、とってもいやな顔をされた。まあ、こんな観察をしているのもいやな客だからな。

5月21日

チビは「ママ上(仕事部屋)に行かないほうがいいよ」「お仕事しなくていいよ」とついに言い出す年頃になってきた。そして私の引き出しを開けてなにかかわいい龍の置きものを取り出してきたが、そこにはハサミもナイフも入っているのでびっくりして、ダメ! としかったらちょっと言いたいことがありそうに反省しているので、

「チビはかわいいものを見つけてママに見せようとしたんだよね?」

と言ったら、

「うんそう」と言った。

「さっきはびっくりしたから怒ってごめん、でも、そこにはハサミも入っているし、チビがケガしたらあぶない、と思って怒ったんだよ、かわいいものを見せてくれたのは嬉しかったよ、これからはあそこはママがいるときにいっしょに開けよう」

と言ったら、

「わかった、そうする」

と言って、にこにこしていた。

こ、これは……初めて犬を超えた瞬間かもしれない。

犬はずっとこの前の段階で「ママが怒るからよそう、あの引き出しに近づくといやなことがある」で止まるから。なんかびっくりした。もちろん犬には他のすごい能力（嗅覚《きゆうかく》とか、直感とか）があるから比べようもないけれど、人間を育てる驚きを感じた。

5月22日
チビは歯医者さんへ。薬で進行を止めているが、じわじわと虫歯が進んでいる。いい子でイスに座ってちゃんと「あ〜ん」「ごっくん」をしているので、よかった。

口に出して「ごっくん」と言うから全然ごっくんができていないのが先生にうけていた。

夜は久し振りに中野のあのすごい店（有名）でおいしいジンギスカンを食べ、ブロードウェイにウルトラマンとかライダーの足りないところ（ってなんだ？）を買いに行く。さすがブロードウェイ、ちゃんと安く見つけた。それでチビは一号ライダーを片手に持ち、しっかりとベルトを腰に巻いて体制を整えて（？）、本郷猛のように眉《まゆ》をひそめてＤＶＤ鑑賞をしていた。「わかるよ、その気持ち、パパもそうだったよ」と隣でしみじみパパが言っていた。オタク街道の出だしだ。

やっぱり本郷猛はかっこいい、勢いがあって。

ブロードウェイは大好きだが、独特の磁場があって、どうしても一時間以上はいられない。頭痛がしてくるし、目まいもする。いったいどうしてなのだろう、というか、上に住んでいる人の健康は大丈夫なのだろうか？

5月23日

陽子さん他親しい人ふたりのお誕生日。

だというのに、なぜか陽子さんはバイトに入ってくれている。

せめてもの感謝の気持ちを込めて生ハムとシャンパンを買いに行った。雨だというのになんだか幸せ気分だった。お祝いっていいな。ヒロチンコさんにケーキを買ってきてもらい、準備してじゃーん！　と開けたら、チビが電気をばしっと消して「ハッピバースデーディアチビちゃ〜ん」と歌い、誕生日のプレートをさっさと食べ、ろうそくを吹き消していた。違うんだ！

5月24日

焼肉屋さんで打ち合わせをする。

原さんが「これはほんとうに脂を溶かすと思う」とものすごい量の黒烏龍《ウーロン》茶を保冷箱に入れて持ってきていたが、持ち込みなのか、親切なのか、芸能人としてのダイエットなのか、さっぱりわからなかった。ものすごく重そうなのに、みんなに一本ずつくれて、感動した。

5月25日

基本的に休暇中の片山先生の道場で、小さなワークショップ。片山先生、二十年前にお会いしたときからほとんど年を取ってない……こわい！　こわすばらしい！

お忙しいときにはとてもできないことなので、今がチャンス！　とばかりにいろいろ質問したり説明を聞きながら整体を受けたりした。

体がロルフィングとはまた違う感じでみるみる変わるので不思議だった。ヒロチンコさんも技を披露（ちょっと違うな～）していた。近い業種の人が和やかに違いを見せ合うのはすばらしい。ふたりを見ていて、私も体にもっと自覚的になりたいものだなあ、と思った。プロの人たちはみんなすばらしい。

片山先生のおうちは息子さんふたりと美しい（お肌が透明……！）奥さまが同じお仕事をしてらっしゃるが、家族の理解、家族でのディスカッションがあって実にすてきだった。「あ、今少し頭が涼しい？」「おなかがあったかいんじゃない？」「どのくらい力を入れているんですか？」と質問も熱心だ。うらやましいなあ。うちもいろいろなことでそういうふうになっていくといいけれど。

寄る年波か更年期か（？）最近、お父さんとお母さんと子供がいて、犬がいる家に遊びに行くと、帰りに泣きたくなる。戻りたいのか、犬も恋しいのか。

5月26日

春菊さんと対談。チビも連れて行くが、お兄ちゃんやお姉ちゃんたちに優しくされてものすごく楽しそうだった。帰りたくなさそうだった。わかるわかる……。

あまりにもお話が面白すぎ、人生経験も多すぎでなにを質問していいかわからない。ただ幸せであってくれ！　と自分も子供にかえって思ってしまう。

夜はフラ。この世でいちばん忙しい踊り「ハセガワジェネラルストア」に対談後の遅刻足で飛び込み、いきなり気分はハワイであった。踊るママがかわいくてかわいくて抱きしめたくなった。アロハだわ〜……。

帰りはノリコ先輩の「聖子オンステージ」を見る。チャネリング？　憑依《ひょうい》？　涙が出るほど笑い、ついでに聖子ちゃんのことまで好きになった。あっちゃんの「あばれ太鼓」も普通に考えたらものすごいものだったのだが、ノリコ先輩があまりにすごすぎた。ノリコ先輩、普通に道で会ったら「背が高くてさっぱりしたきれいな人やわ」（なんで関西で会うの？）と思うだけだと思うのだが、あんなすごいものを秘めていたとは！　人生まだまだ神秘がいっぱいだ。いろんなことがわかったような気になってはいけないわ！

5月27日

ともちゃんが仕事の打ち合わせがてら家に来てくれて、ビデオで他のハラウのホイケ（発表会）を見る。あまりにも違うのでびっくりした。あと、エサシさんの異様なうまさ。日本一なんじゃないかな、男では。タンジくんも忙しいのにいつのまにか上手になっていて胸がきゅんとした。ともちゃんの踊りはともちゃんによるともちゃんの魅力を百％発揮したものだったので、フラウォッチャーとしては満足した。
そしてともちゃんがごはんを作ってくれた。人の作ったごはんってどうしてこんなに幸せなんでしょう。いっぱい食べて驚かれた。

5月28日

まだ子供が寝ているのに、仮面ライダーカブトをひとり観《み》て涙ぐむ私……。やっぱりヒーロー物に原点があるようだ。そしてトマトのみそ汁を飲みたくなりました。
午後はエロ奴《やっこ》、いや貞奴《さだやっこ》さんとデートする。途中何回かチビも道や店で出会ったが照れて目を合わせない。あまりにもエロいからであろう。
貞「私全然霊感とかないんですけど、朝6時40分に目覚ましをかけると、20分くらいに『もうそろそろ起きる時間ですよ』って起こしてくれるんですよ」
私「それって、お母さんじゃなくって？」

貞「違う、でも女の人」

（注　エロ奴さんの家には、お母さん以外には女の人はいません。）

充分にあります、とても便利な霊感が。

5月29日

春菊さんおすすめの「臨死!!　江古田ちゃん」を読むが、現在下北のはずれに住み、学生時代を江古田で送った私にはシャレにならないくらい面白かった。

猛禽《もうきん》、いますいます！　いっぱいいます！　進化してます、ブリっ子から！

そして江古田ちゃんみたいに生きていると、なかな〜かその良さは男子にはわかってもらえません。「君達の話濃すぎる」「君達は女性界のブラックホールだ」と飲み屋で言われ続けた人生。すぐに寝るがつきあいには至らないことも含め、病気もこわいしさすがに三十前にもう卒業した生き方ですが、マンガ全体が痛かったです。

今もその部分が捨てきれなくて、よく「よくそんなひどいこと言えるね」「冗談にしてもきつすぎる」「よしもとさんの毒舌は世界一ひどい」といつも言われている。切ないわ〜。

5月30日

夫がいて子供がいて仕事があれば「世界中にひとりきりだな」と思わないと思っている人がいるが、その想像力のなさはたいぞう並み（どのたいぞうかは言いませんがね）だという感じがする。孤独が骨にしみるようなことは、どんなときでもあるし、ないなら人間としておかしいと思う。

ただ、夫がいて子供がいて仕事がある場合の孤独と、その全部がなくて友達もいない場合の孤独には質の差がある、それは確かかもしれない。選ぶのは自分。

それとは全然関係ない話で、ちょっとしたことで、もしかしたら人をちょっとだけ傷つけてしまったかも、と思った話があったとき、ノリコ先輩がためらいなく真剣に「あれはいけないことだった」と言った。本気で反省していた。私はそのまっすぐさに真の尊敬を感じた。そんなふうに、人の顔色に合わせないで自分の意見を持っていることが今の時代どれだけむつかしいだろう。いくら私が江古田ちゃんでもほんとうにそう思って感動した。

塀内夏子さんのマンガを読んでいるようなすがすがしさであった。

5月31日

ここぺりに行って、奥のほうのこりをなんとかしてもらう。ほんとうになんとかなったので手を合わせたくなった。

チビはお風呂《ふろ》で石けん遊びを許されたのではしゃぎながら「チビちゃんが帰ってから関さんたちがお風呂にはいっちゃうかもよ〜う！」と言いげらげら笑っていたが、そりゃあはいるだろうけど。セクハラなのか腹いせなのかさっぱりわからなかった。

ハルタさんが寄ってくれたのでみんなでご飯を食べてお茶をした。ハルタさんのために肉を四百グラム買ったのだが、肉を出したら突然幸せそうになったので「ううむ、はじめに野菜を出して失望させるもひとつのコツかもしれぬ」と思った。恋愛でも言えるかもよ。

6月1日

母が「もう八十だから、がんばって行けるところに行きたい」と言い出した。悲しい気持ちと同時に、意欲が出てきたのを嬉《うれ》しく思った。

そしていっしょに「Qさま!!」の十メートル高飛び込みを見ていたら、芸能人たちは足がすくんで二十分くらい迷ってから飛び込む(あたりまえだ、十メートルってすごい高さ）。母が「あんなの一回迷ったらおしまいだよ、出たとたんにさっと飛び込んじゃったらいいのに、あたしならそうするね」と言っていたが、そう、この人は「口だけそう言ってその場に行ったらおじけづく」ということはない、マジでそうする人である。

私にはその強さはないが、姉にはそれが遺伝している。

6月2日

フラへ。

いつもよりも十分くらい早めに行ったら、ベーシックステップをみっちりやってしまい、そうしたら最後の方になってレイをかけてるつもりが手がばらばらだったり、カホロをしてるつもりで腰が動かないなど様々な不具合が……いかん！　体力がない！　あまりにもいっしょうけんめいオガワさんを見て踊っていたら、オガワさんががくっとこけたところでいっしょにこけてしまってドリフのようになった。

帰りに韓国料理を食べながら四人で恋の話をしていたら止まらなくなり、終電ぎりぎりの世界までいてしまった。しかし恋の話をしつつ「政策だけが先に施行されて市民の現実に反映しないのはいかん！　私が最近いきどおっているのはそういうことである」とオガワさんが真顔で男らしく言い出したので、す、すてき……と思った。ここで恋してどうするんだ？

6月3日

仮面ライダーを観すぎた副作用（？）で、チビは虫がこわくてしかたない。むりもない。クモもハチもみんな怪人になるからなあ。

夜中、歯みがきで向かい合っていたらふたりのあいだにふら〜と蛾《が》が飛んできた。チビはしばらく沈黙してから、顔を真っ赤にして泣き出した。私は顔を真っ赤にして笑いをこらえた。

もう夜中の二時すぎだというのにベッドに入ってからもいつまでもくりかえし「ママが虫から守ってくれる？」と言うので、「悪い虫からは守ってあげるけど、大丈夫、あれはいい虫だよ。ほら、仮面ライダーカブトだって、カブトムシが飛んできてライダーになるでしょ？　あれはいいカブトムシ。だからいい蛾が飛んできたら、ママはこうやってぴしっと蛾を捕まえて仮面ライダーモッサーになるんだよ。それでキャストオフしたらケイト・モスに変身してトップモデルになる」と眠いからものすご〜くてきとうに対応したら、うなずいて寝ていた。よかった。

6月4日

さっき私の後で若いカップルが会話していた。
女の子はいかにもかわいく舌ったらずで、彼はメロメロ。でもまだ体は許してないって感じのデートである。当分許されることはなさそうである。
女（食玩《しょくがん》キーホルダーを見て）「ああ～ん、ねえ、見て見て、とってもかわいい～」
男「こんなの見てたら腹減っちゃうなあ」
女「ばかやろう（かわいいままの言い方で）」
男「ばかやろうって……（苦笑）」
女「言っちゃダメ？（上目づかい）」
男「いいけど」
女「よかったあ！（小首をかしげて）」
こんな、演劇風のかわいさがほんとうに通用するなんて、いくつになっても男女は大変だ、きっとさんざん振り回されてふられ「ばかやろ～う！」と叫ぶのは彼……と思いつつ、静かに聞いている私はネタのためなら鬼になれる仕事、そう、作家。

6月5日

たけうちくんがものすごくリアルな仮面ライダー2号をチビにくれたのだが、紙がついていて、パーツのばら売りについてこれまたものすごく細かく書いてあった。「なんでこんなに?」と思ったら、そうしているあいだにもそのリアルな可動部分がはずれて焼肉屋さんの床に落ちた。手とか、足とか、とってもこわい。しかもライダーはあまりにもいろいろなポーズが取れるゆえにすぐ脱臼《だっきゅう》するので、ヒロチンコさんが「専門家にお願い」「専門家じゃない~」という会話のもとにはめていた。

チビはきれいな女性をナンパして口にチュウをしているので、母は動揺した。でも「あ~ん! 超かわいい! 超嬉しい!」と笑ってくれたのでほっとした。鷹揚《おうよう》なお姉さんはいいですねえ。

たけうちくんとてもとても忙しそうで、でもグチは言わないので、えらいなあと胸が痛んだ。少しでも楽しい時間を友達としては作ってあげたいものだ。しかし私とチビが一枚のカルビをふ~ふ~して分かち合っているあいだに男たちの胃袋に特上カルビがみんな消えていったので、優しい気持ちもちょっと消えた。

6月6日

旅行に行くので、家にある腐りそうなものをみんな調理して、一日かけて食べた。ヤマニシくんにも協力してもらって、必死で。でもかき集めたら案外バランスのよいいいメニューだったかもしれない、そういうものかも。

私は社会に出て、考え得るかぎりのあらゆる目にあった。いい目も悪い目も。そして何回でも最低のラインからはい上がった。いやな編集者や知らないババアにいじめられたとき、いつも強く優しくかばってくれたのが文壇《ぶんだん》居酒屋の英さんというおばちゃんだった。お店をたたんだと聞いて切なく思っていたら、道でばったり会って、泣くほど嬉しかったのはつい先日のことだった。自分が自分であることに向き合い、みじめでもいやでもこらえて全うすれば、必ず道は開ける。英さんのような人がふっと助けてくれる、そういうものだ。美しさと仕事ぶりでねたまれながらも慣れない伊勢丹の仕事に楽しそうに励むエロ奴を見ていて、尊敬の念と共にそう思う。

6月7日

考えうる中でも死亡以外では（ある意味死亡よりも悪いかも）ありえないくらいの

ドタキャンをくらい、加藤さんとマーちゃんがこれまでのノウハウをみんな駆使して代理の人を捜してきた。このふたりの能力の高さは世界レベルだと思った。

そして代理の人Mくんは出発数時間前だというのに突然「まさか一週間ハワイに行けませんよね？」と言われて「行けますよ」と言ってくれたので、そこからまた加藤さんとマーちゃんがチケットのリスケと再発行をばりばりとこなし、なんと、成田にMくんはやってきたのであった。

しかし！　なんと成田に着く頃に原さんが「パスポートって……いるの？」という仰天発言を。これればかりはもうどうしようもなく、二日後にハワイで会うことを誓って空港で別れた。

ドタキャンには怒る気もせず、ああ、そうですか、そりゃ仕方ないねと思い、原さんには「ある意味すごいっす！」と尊敬の念を覚える。

ハワイに着いたらチビが「これからチビちゃんの好きなお部屋に行って、お風呂に入る」と言い出したので、これまでのホテルライフが身についてるんだなあ、と感心する。ドールでパイナップルジュースを飲んで、タートルベイへ。とてもいいホテル。すばらしいくつろぎ、働く人も笑顔、海もきれい。産まれてはじめてチビが海で楽しそうに遊んだのも、陽子さんのおかげである。波がこわいことから気がそれるくらい楽しそうだった。

波打ち際《ぎわ》で遊んでいて、自然に海に入っている、これが理想なんだなと思った。いきなり海にいれて慣れるやり方も有効だけれど、よけいな圧がかかる。

幼稚園もこの方式で行こう。

6月8日

原さんがいないし、Mくんがいるし、毎日びっくりするけど天気がいいから悲しいことも忘れて、新たな人生。楽しい。

ハレイワに行って、マツモトのシェイブアイスを食べ、帰りは海亀《うみがめ》が浜にせまってくるポイントを見る。人と亀が触れあいもせず、かといって意識もせず、普通に浜でいっしょにいてすごくいい感じだった。

チビの時差ボケがすごく夜中の二時になるときっかり起きて、ひとりで淋しくてしめしめと泣いているので、かわいそうになって声をかけると「ママ、起きてくれた!」から始まってあらゆるトークがスタートする。しゃべりっぱなしの二時間、夜明けに仮眠、また起きて「海に行こうよ~」とたたき起こされる日々である。健康的なのか、違うのか。

6月9日

朝、原さんがついにやってきた。よかったよかった。

みんなで滝壺《たきつぼ》があるワイメアの公園に行った。チビは眠くて挫折《ざせつ》した。滝壺で泳げるのでとてもいい感じだった。緑と山と花といい雰囲気。こんなにいいところはこの世にないな、天国ですか？　というようなところであった。ハワイの醍醐味《だいごみ》を初めて知った。

原さんが滝壺で楽しそうに泳いでいたので、来てよかったな、と嬉しかった。

夕方戻ってチビを寝かしたら、ほとんど六時間も寝続けたが、浜に行ったら遊びだした。その後はもう寝たままごはんを食べ、また夜明けに爆裂トークが始まった。

「パパがライダーだったのなら、チビちゃんもいつかライダーになれるのだろうか」

「陽子ちゃんが好きだから、いっしょに海に行きたい、明日も陽子ちゃんに会っていっしょに海にいくんだ」

「これからジュースを飲んで、お菓子を食べて、ちょっとしたら寝ます。ママはどうぞビールを飲んでください！」

などなど、ずっと語っている。すごいなあ……この脈絡のなさ。

タートルベイの浜はなんていうことないのだが、砂もあるし波も荒くないしすばらしい。一歩出ると命がけのサーフィンをしている人がいるくらい荒い波の世界が広がっている。

6月10日

ワイキキ。

ここで観光業に従事する人びとのあまりの意地悪さにびっくりする。初めはお金をもらえない人に意地悪する、というのから多分始まったのだろうが、やがて意地悪のための意地悪に進化してるっちゅうか。部屋のベランダまで意地悪で危険にできている。ここから何人落ちたのだろう、とマジで思った。

部屋のスリッパうっかり履いたら四ドル！　にも驚いた。そしてセーフティボックスも一日三ドル。空港のカートもみんな有料。とにかくみんなの顔が汚い。きれいな顔だったのは、リージェンシーにある宝石店の日本人のおじいさんとおばあさんだけであった。

しかし！　美しく強く優しいちほちゃんがやってきたので、みんな喜ぶ。

みんなでオガワさんおすすめのハレ・ヴェトナムに行き、ものすごくおいしいフォーを食べた。みな絶賛だった。みんな意味もなくオガワさんに会いたがるくらいだった。

浜で無料のフラを見たら、さすがこの地での無料。なんと出てくるのは子供とおばあさんだけであった。あとのきれいどころは他で稼いでいるとみた。おねえちゃんを出せ～とつぶやいてしまった。

夜は宴会をして、陽子さんのおそろしい性の遍歴を聞き、そのスケールのでかさに小鳥のように小さく震えた。

6月11日

ちほちゃんは今ほとんどプロレベルのダイバーで、ボンベのない素潜りもプロに習ってプロに近いところまでいけるような人なのだが、いっしょにボートに乗ってイルカツアーに参加してもらえることになり、心強かった。

そんな、みるからにできそうなちほちゃんに、現地スタッフが意地悪を言いまくっているのでびっくり。一見笑顔なのだが、むきだし。さらに船に乗っている人たちがみんな意地悪く、全然親切じゃない。早く金をもらってとっとと帰りたい、苦情が来ないように形だけはしっかりやっておこう、安全もどうでもいい。そういう感じだった。イルカの説明もゼロ。亀の生態の説明もゼロ。シュノーケリングの説明も適当。とにかく愛がゼロ。今までハワイで、オーストラリアで、はたまた日本で、いろいろなこういうツアーに出たが、最低だった。一見ちゃんと笑顔で親切でマメに見えるのだが、心が全然入ってない。目も顔も意地悪い人たちだった。いい人もいたがただいい人だというだけだった。すでにいい人を忘れそうな趣。ちほちゃん以外はみんな盛大にゲロを吐きまくったからでは決してなく、そう思った。

あとでちほちゃんも言っていたが、スタッフが野生の海亀をはがいじめにして船まで連れてきていたが、あれは法律違反ではなかろうか？

とにかくワイキキでお金を稼ごうとしている人たちはみんなだめだなあと思った。こんなことを書くと「そのダメなツアーはどれですか？」と聞きたくもなるでしょうが、実名は出せない。まあちょっとだけ言うと「イルカハワイ」。

まあ、下調べが万全ではなかった私も悪かった。まじめに野生生物の生態をつかんでいるところが好ましいので調べること、という感じです。

夜は菊地《きくち》成孔《なるよし》さんおすすめの「ターヴォラ・ターヴォラ」へ。

確かにおいしい。料理は超高レベル、給仕は最低。ワインが三十分来なくて、ちびちび食べていたごはんがついに終わってしまった。おわびにとデザートが出てきたのでにこにこして帰ろうと思ったら、こちらが「さっきワインをお願いしたのですがまだ来てないのです」と言った数だけ（つまり三回言ったので三本！）、ワインが注文されたことになっていてびっくり！　キャンセル。

それでもものすごくおいしかったので、許せる。

6月12日

カフナであるカイポさんのおうちにロミロミを受けに行く。

ものすごくうまかった。カイポさんたち（カイポさんと奥さま）自身はなんとなく浮かないことがありそうなのだが、ロミロミを始めると別人になって突然しゃきんとなり、途中で明らかに手が増えていた。それは人間の手ではなかったので、びっくりした。

こんな経験初めて。ほんとうにいるんだ、精霊たちは。

健康状態をいろいろ厳しく言い当てられ、その通りだったので、厳粛に受け止める。

次回までに改善してまた行こう。

午後はえぞ菊（うまかった！）とアラモアナのショッピングセンターに一瞬だけ行く。みやげも買えなかったが、まあ仕事で来ているんだから仕方ない。ちほちゃんと涙の別れ、ほんと〜に淋しかった。次はいつ会えるのかな、しかし次回はますます強く美しくなっているだろう。「なんでこんなにシャネルがあるの？」「この気候であのスーツをどこに着てくの！」などとファックなワイキキにいきどおっていた私たちだが、ベルビーで化粧品やサプリを買いまくり前言を忘れて「女の買い物っていいね」「てへ」と言い合う。でもやっぱりカルティエやヴィトンがこの狭い範囲に三軒くらいあったりするのは、意味ないと思う。ちなみにABCストアなんて百軒くらいあるのではないだろうか。

夜は「和さび」へ。チビがぐずっていたらとなりにいた柳沢慎吾さんが「うるさくてごめんね！　かわいいね！」と言ってくれたが、絶対女の子だと思っていたと思う。それにしても芸能人はどんなところでも礼儀をつくさなくてはいかんので大変だなあ。

6月13日

念願のカリフォルニア巻きを食べて、幸せになる。しかもおいしい店だった。

Mくんは急にハワイに来たのにほんと〜によくやってくれたし、原さんは私がげえげえ吐いていたらとっても親切にしてくれたし、マーちゃんのなんでもできぶりはもはや神の域だし、陽子さんはチビがどんなにわがままでも怒らないで相手をしてくれたし、ヒロチンコさんは立派なパパだし、ちほちゃんはいるだけで人を活気づかせるし、人の力はすごいなあと思った。

取材しきれなかったところは次回に回そう。

帰国してから、ヤマニシくんが持ってきてくれたパンを食べて、ライダーを観《み》て、おみそしるを作って飲んだ。まったり……。

夜中にひとり、新潮社から出るタムくんのマンガのゲラを読んで、おいおい泣いた。今私が日本で生きにくく思っていることがみんな入っていて、そしてこんな日本でもタムくんは愛してくれたんだなあと思った。ありがとうタムくん。

6月16日

フラへ。時差ボケで目がしばしばして徹夜明けのようであった。

クムフラサンディー先生バージョンの「涙そうそう」はすばらしく、踊るのを忘れて（忘れちゃだめだって）聴き入ってしまった。

なんかこの曲と共に、全員がなにかを抜けたという感じがした。どうしてだかそういうイメージがわいた。長くつらい冬を越えた感じ？　去る人は去り、残る人はすがすがしく残る、というイメージ。

私はハワイに行ってハワイに再び深く触れ、さらにいろんな変なクムフラを見てしまい、自分がいかにサンディー先生を誇らしく思い愛しているか、自分のクラスの人たちをいかに愛しく思っているか、自分が何に属しているか、そこでしてはいけないことはなにか、するべきことはなにか、そういうことがよくよくわかった。わかったけれど、やっぱり仕事が終わらず遅刻（アホか）した。でもしてはいけないことはもちろん遅刻ではない。

大人になってこんなすばらしい習い事ができるとは思わなかった。もう習い事の域をとっくに超えているが。またハワイ行きたい、ゲロ吐いてもいいから。

6月17日

時差ボケで朝6時半起き。すがすがしいというか、間違っている。

小林さんに会いがてら、バーゲンと買い出しにいそしんだ。都会には都会の喜びがあるけれど、もうものや食べ物ではそんなには喜べない年齢になっている。でも田舎ばんざい、自然最高、とも思わない。ただ東京にはもっと楽しさが必要だなあと思う。タムくんの言うとおりだ。

6月18日

雨、雨にもう飽きた。どんよりした曇りにも今年はもうほんとうに飽きた。かんぞうちゃんの舞台を観に行く。イメージの喚起力がすばらしいので、ダンスというよりは映像を観ているようだった。独自の世界を極めている。動きも切れがあってすばらしかった。このサイトを見て初めて行ったという人が数人いてとても嬉《うれ》しかった。ああいうダンスはなかなか観る機会がないものだけれど、数時間で遠くまで旅をしたような感覚があるので、ものすごく得だと思う。

帰りはマヤちゃんと陽子ちゃんのエロ話コンビとイタリア料理を食べながら奥の深いエロ話をしていたら、お店の人がしだいに奥へ奥へと引っ込んでいった。ただひとりノーマルな私はいつ話が「じゃあ今からホテル行く？　それでまほちゃんで試してみる？」に移るかと気が気ではなかった。サッカーの勝敗よりも切実に。

6月19日

ベッドがやっと来る。

これでもう小さくなって寝なくていいんだ、と思いながらためし寝をしていたら、ほんとうに深く寝てしまった。

目が覚めたので実家へ行く。

母が少しふっくらしてきた。その生命力に感動する。気が弱いお年寄りだったらこの春もういなくなっていただろう。

「おじさんがちょっと味見してみるかな」と待ちきれずに半生のお好み焼きを食べる石森さんにみんな笑いをこらえて下を向く。

チビは今ほとんど「変身」と「トオ〜！」しか言わない。でも姉には「ラムネに練乳を入れてもいいですか？　お願いします！」と礼儀正しく言っていた。

6月20日

大きな大きなベッドのはじっこで、手や足が外に出ている状態で目覚めた。おかしいなあ、昨日までと何も変わらない……ふりむくと、チビが真横になって私の枕《まくら》に頭を全部乗せて寝ていた。四畳半で暮らしていた人が豪邸に越したとき、あえて小さい場所に集ってしまうような感じですか？

奈良くんについてのコメントの収録の話が急に来たので、まだら日焼けの状態で撮影に望む。

みんな年をとって、得たものと失ったものがあり、面白い。

ポイントは、得たものがあるということだ。

6月21日

お誕生日のヤマニシくんを尻目《しりめ》に、英会話へ走る。日本人がよく間違える言い回しを習うが、その全《すべ》ての間違いをハワイできちんとやっていた自分に驚く。だめじゃん。マギさんとスピリチュアルトークが止まらない。彼女も出会った頃はなぜかスーツ姿が多かったが、途中から突然ちょっとヒッピー調になり、そのほうがずっときれいだ。人って、くせのように教えられた服など選んでいるが、私も作家になりたての頃は「きちっとして見える」という理由でわりとよくスーツを着ていた。しかし、ある日「誰のための人生だろう、私の人生にはもう必要ないのでは?」と思い、全部捨てた。爽快《そうかい》だった。

また、バンドの人で意味もなく真昼にもきちんとロックやパンクの服を着ている人がいるが、あれもまたスーツと同じものなのだろう。

今日は面白い日だった。人が次々に人を紹介してくれ、と言ってくるのだ。その話がみっつほど続いたとき「今日はそういうすばらしい日なんだな」と思った。

6月22日

おみやげを持って結子のところへ行く。久し振りにしゃべってお茶してお菓子を食べて幸せな気持ちになる。お互いずっと生きてるわけでもないのに、友達ってすばらしいなあと思う。しゃべりだすと、なんか永遠にいっしょにいるみたい。

帰りにチビとパパとカツ代のラーメン屋に行ったら、ものすごく取りちらかっていて、しかし必死でなんとか接客の最低ラインを守ろうとしていて、悲痛、ほんと〜に気の毒だった。まるで子供の留守番みたいだった。ほんとうに悪いが、四十過ぎていても、あの程度の混み方なら、フロアは私ひとりでもやれる。

もしかして、お店をやっているみなさんは、若者による若者のための若者の店をやることよりも、パートのおばさん（経験者）をひとり入れると早いのでは？　という時代かも。

しかしそんなことを思いながら、チビと私は「ママ〜、会いたかった、ママがいなくてさびしかったよう」「チビちゃん、ママも！　ママも会いたかったよう」「会えて嬉しいね〜」「嬉しいよう」と抱き合っていて、バカみたいで、ヒロチンコさんが恥ずかしそうだった。

6月23日

フラへ。とてもむつかしい踊りなのであたふたする。

あたふたしたまま終わってしまった。

となりの韓国居酒屋に行ったら、開店してから二年はたっているのに相変わらず手《て》際《ぎわ》が悪い。二時間近くなにも出てこない。でもそこが素人《しろうと》っぽくてていねいでおいしいところでもあるので、たまに行くのだ。

しかし変な客がいて私たちがうるさいとかサッカー中継がうるさいとか言ってる。「ここの味が気に入って来ているんだよ、客もプロデュースする感覚がないと。ヨーロッパのレストランではうるさい客なんかいないよ、静かに食事したいだけなんだ」などと言ってる。おまえがうるさい。そしてここはヨーロッパでもましてレストランでもない。ヨーロッパにおけるビストロとかバールにあたる騒いでいいランクの店である、静かにしたけりゃ高い店に行け、でなきゃ家で静かにしてろ、と言ってやろうかと思ったが、連れの女が突然自分について語るときでかい声で英語を話し出したので、なんだかばかばかしくなってやめた。おまえらは自分たちの人生をプロデュースしたほうがいい。

あの店……もう行かなくていいかも。前も突然「辞めてからのお給料を払ってくれないとここを動きません！」という女が私の席の真横でストライキを始めてびっくりしたことがありました。

それはさておき、魔性の女しほちゃんがお休みする日が近いので、今のうちに恋のテクニックを聞き出そうと思い、みな必死のインタビューを試みる。しほちゃんって、メールを出してもなかなか返ってこないところがそそるよね、と言い合う。計算なのか、素なのか？　と論じ合う人びと。論じ合ってる時点でもうアウトか？

ノリちゃん先輩「しほちゃんにメール書いても全然返事がなくって、翌日になって『ごめんな〜、寝てしもうててん』みたいなのが来て、私は速攻で『ううん、全然気にしないで！』とかメールうってて、あれ？　なんで私がこんなに気をつかってるんだろ、と思うんだ〜」

オガワさん「それじゃ男の片想《かたおも》いだよ」

勉強になります。

あっちゃん「いいな〜、しほちゃん、もてて。私、唯一《ゆいいつ》おっぱいマニアにはもてるんだけど、そういう人はみんな結婚してるの」

そんな一段階深い話もしてません！

みなさん踊っていると美しく優しく上手で尊敬してるのに、なぜ。

6月24日

チビがラムネを食べて手を真っ白にして「白くなった」と言いに来たので、「カビビンガにやられたんじゃない？」とおどかしたら「ラムネだよ」と冷静に言われた。

おしめをかえているときに「まだママが手伝うの？　もう自分でトイレ行ってもいいよ。ズボンは自分ではきなさい」と言ったら、「ううん、今のチビちゃんは、やってもらうのがだ〜い好きなんだよ」と言われた。ああそうですか。

そしてどうしてこんなにも愛してるのに頭をぽんとたたいたり、「今黙ってて！」とか「しつこいなあ！」とか「いいかげんにしなさい！」とか言っちゃうんだろう、と反省しつつ、はっと気づく。

待てよ、世間が今おかしくなってるだけで、そもそも家族ってこういうものだろう。

私は十八くらいからたいていの時男の人と暮らしてきたからすっかり忘れていたけれど、こんなふうにひどいことを言ったり、ちょっといらいらしたり、八つ当たりしたりしたことは、それよりも前には姉に、親に、親友に、遠慮なくやってきたことだった。親は百倍にして返してくる人たちだったし、姉は相手にしてくれなかったし、親友はずっとクールだったからどれもなんとも言えないが。こんなにいいかげんに接していても、絶対愛されている、愛している、大丈夫だと思うからひどいことを言ったりしたり、反省したり、仲直りしたり、泣いたりするのだろう。血縁の身内同士は。ちなみに他人は別。夫でも別。礼儀正しくします。堅苦しくない程度にですが。

今、世間を騒がせている事件（奈良のほう）、この感覚さえあれば、となんとなく思った。

6月25日

ハルタさんといろんな店に行って、楽しい買い物をたくさんする。いっしょに帰宅してプレイモービルのホットドッグスタンドをみんなで組み立てた。チビも楽しそうだった。そして牛肉ばっかり大会をした。

仮面ライダーカブト、面白すぎる。

この番組のすばらしさで、私の中で何かがよみがえってきた（オタク心ではありません）。

脚本とは流れるようにできていて必然があり、さらに愛がなくてはいけない。愛というと甘い感じがするが、真剣勝負だ。愛で必ずアイディアは出てくるし、驚くようなつながりが生まれてくる。形だけだとどんなに人気があっても脚本がすかすかになり、人物は形だけでしゃべるから俳優がでく人形になる。退屈な時間が入り込み、観ている人は子供を含めて必ず見破る。人の人生にちょっとも影響をあたえない作品なら、創《つく》らない方がましだ。

カブトのスタッフは本気で楽しんでいるし、むだなことでも作品が面白くなるなら手を抜いていない。そこに感動する。

6月26日

リコネクティブ・ヒーリングを受けにエリック・パールさんに会いに行く。まず、関係者がみないいお顔をしていて、時代は変わったな、と思った。正統的なビジネスとしてこういうことが成り立つ時代だ。パールさんのお人柄も関係ありそうだ。ロスっ子らしいおしゃれ、常に笑顔、判断しないし先読みしないのにきっぱりしていた。

本（ナチュラルスピリット刊『リコネクション』すばらしい本だった）を読んで、

この人には会うだろう、と思ったらすぐに会えた。これはそういう時代だからだと思う。すぐに実現する。しないことはしない。はっきりしてきた。

触らないロルフィング、という感じだったが、とにかくライトもないのに無影燈に照らされているようにまぶしい。そして不思議な建物などのいろいろなイメージが見えた。彼は触ってないのに、あきらかに人の手が触っているときがあった。新しいタイプのエネルギーが体にどんどん流れてきて、この上ない、子供の時のような快調さ。そしてよく考えてみたら、今は普通に飛行機が飛び電気がつき瀉血《しやけつ》もしてないし手術もかなり少ないダメージでできるようになって全てが変化しているのに、体が昔のままだからといってヒーリングは従来のままというのもおかしな話だ。それに気づいた人なのだな、と思った。

いちばんショックだったのは、自分の頭の中のむだなおしゃべりがいかに体調に関係あるかわかったこと。体と心の関係はまるで数式のように具体的で厳密であることをはっきりと理解した。

6月27日

「ママ、気持ち悪くない？　ハワイが、ざぶんと来て、チビちゃんは船で、こう、こういうふうにいっぱい濡れちゃって、え～んって泣いたのに、ママ守ってくれなかった。ママ気持ち悪かったから」と朝ご飯を食べながらつぶやかれた。す、すみませんでした。船酔いしてて。

「でも陽子ちゃんが守ってくれた」

すみません、陽子さん、私がゲロ吐いてるあいだにチビを抱っこしててくれて。おわびに？　近所で買ったライダーベルトが壊れてチビが泣いていたので、伊勢丹に行って1号とV3とカブト（これは、私の……）のベルトを買った。ほんとうのベルトでも3本いっぺんに買ったことはない。すご～く重かった。恥ずかしいのでいちおうサングラスなどかけていったが、なんの意味もなかった。「ご自宅用ですか？」（プレゼントですよね？　の意）「はい」ふう。

6月28日

「すいか」DVDを見終わって、ほんとうにいいドラマだったなあ、と思う。

全ての人がすばらしかったし、小林聡美さんはうますぎだし、ルリ子も最高だった。演技のしのぎあいなのにとても美しかった。あの中に住みたい、っていうか、あんな三茶だったら一生住んでいただろうな。

ここぺりに行ってほぐしてもらったら、リコネクティブ・ヒーリングの影響が体に降りてきた感じで、なぜかお肌がつるつるになった。目の下の隈《くま》も消えた。関さんの手は魔法の手だ。女子の味方、女子による女子のためのマッサージ。

チビが帰り際に手を振りながら、「関さんと、風船で、遊んだら、楽しい」と感想を述べていた。そして「また来るね」と今後の抱負も語った。

6月29日

森くんといっしょにノブヨへのプレゼントを買いに行く。

特殊な趣味の人なので、何にするか迷った。でも楽しかった。特殊な趣味の人ほど、プレゼントを選ぶのは楽しいものだ。

途中でヒロチンコが「今座ってた人は『私のダーリンは外国人』のダーリンじゃないかなあ、骨格が」と言い、確かにそうだった。さすがロルファー。でもタイトルが麻丘めぐみと混じっていて私と森くんは混乱した。私の、はいらないんじゃない？

フラーのゾムツールが届いたので、ヒロチンコが狂ったようにDNAの模型を作っていた。そして触ってみるとどんなに頭の悪い人（私）にも、ものすごく考え抜かれたものだということがわかった。中心になる球が全《すべ》てで、その穴のあき方でなにを差し込めるかもう決まっている。ねじれは黄色い棒のみであらわせる。こういうのを愛のある仕事というのだろうし、自分の知っていることを子供にわかる形で表現している。フラーは天才だと思った。愛はつまり「この世全体への愛」である。

6月30日

たかのてるこちゃんがおそろしい分量のおもちゃを持って、遊びに来た。チビはてるちゃんのでか声と振りの大きさに動揺して、ものすごく内気な感じ。わかるよ、私もこわいもん〜。てるちゃんはドレイクゼクターの銃で自分で自分を撃って、大きくぐえええ、うおおおお、とのたうちまわったあと、きりっと立ち直り、自分の胸をどんと叩《たた》き、チビに「さあ、よし！　撃ってみな！」と銃を渡し、チビに冷静に「うう ん、いい」と引かれて、「チビちゃんは優しいなあ！」と叫んでいた。私もそう言うよ、こわいもん……。駅前で抱き合っていつまでも大声で手を振りあうラテンな私たちであった。

夜はフラ。

しほちゃんがお休みするので、お疲れさま会。みんなでごはんを食べていたら、クムを含むキラキラ軍団がキラキラとやってきてまぶしかった。お店のお兄さんたちの顔もきらきら輝いた。美人たちってすばらしい。

かわいいみゆうちゃんともお別れだった。

先週りかちゃんが「みゆう、前に出てよ、お礼になんでもするから」と言って、前で踊ってもらい、みゆうちゃんがりかちゃんの高そうな時計を見て「じゃあ、これちょうだい！」と言って、りかちゃんが「え～と、これはね、あと二万回くらい前で踊ってくれたら」と言った。みゆうちゃんはそのときちょっと目をふせた。そうか、あのときはもうほとんど決心していたんだね、と思って、切なくなった。

いつ会えなくなるかわからない関係こそが、すばらしいのだと思う。

7,1－9,30

7月1日

「ママ、ごはんを食べたい、肉はいりません」と言われたので、その通りにする。ほうっておけば食べたいときに肉を食べるだろう……。

赤ひげさんに湿気でなまった体をほぐしてもらった。道ばたで。500円で。15分ほど。

ここぺりで治った全てが忙しさでじょじょに固まりつつあったので。

30パーセントはエロ話、60パーセントはちょっといい話、10パーセントはおいしいサラダそうめんのレシピだった。まあつまり、だいたいいつもの配分だった。すばらしい。

7月2日

雨。梅雨だった、そういえば。

いつも午後陽子さんが来ると、私が異様なテンションで「ああ……今日のカブトも面白かった……」としみじみと首を振り言いながら出迎えるので、ほんとうに気の毒だと思う。子供の頃仮面ライダーのアルバムの歌を全曲丸暗記していた私から観《み》ても、カブトは最高の仮面ライダーだ。

いただいた少年ナイフの様々なCDを聴きながら、この人たちはほんと～うにすばらしいなあ、と思う。続けてるし。変わらないし。わけても甲本ヒロトさんが「エルマー・エレベーター」をカバーしたものがすごい。2バージョンあるのだが、どっちもすごい。なにがすごいって、考え方。同じような年齢の人たちなのではげみになる。

7月3日

私の原作で、ある舞台が行われるのだが、そのキャストがあまりにもすばらしかったので「うおお！」と思った。なんの文句もないはまりぶり。

私の原作である映画も進行中。他のすばらしい人が私の作品を読んで、その人の体の中を通してその人の作品にすることのよさがほんの少しわかってきた。脚本は監督の手によりかなり監督の世界に肉迫してきた。正直に言って、監督ではない人が書いた初稿を読んだときは「気をつかわずにもっと思い切り自分に寄せればいいのに」と思った。中途半端に気をつかってもらうことがいちばん悲しい。

映画、もちろん感想は言うけれど、人の作品になっているのであれこれ言うこともない。ただ嬉《うれ》しく思う。昔は恥ずかしいだけで、嬉しいというふうには思わなかったので、大人になってよかったと思う。
結局実現しなかったけど、中園ミホさんの「はつ恋」もちょっと観てみたかったな。

7月4日

忙しくてはげそうだが、もうそんなこと気にしない。気にしていたらなにもできない。

私は手抜きだが家のごはんを作りながら、仕事もしながら、打ち合わせもして、撮影などもするし、飲みにも行く。だから全てが中途半端になるが、どの世界のいいところも悪いところもよくわかる。主婦界、フラ界、ニューエイジ界、出版界、業界、どれに関しても。どこにも属さないために走り続けていると言っても過言ではない。ハイリスクな生き方だが、ハイリターンだ。

その中でも最も世の中からはずれているすてきな人たち、それは高橋先輩とミカちゃんと結子だ。久々にお茶をしていろいろ話した。何も「違う」と思うことがなかったので、自分でいられる。彼らといるときの自分はまさに素の自分、それは彼らが私のことを知りつくしているから。

先輩が撮った写真の中に一枚、背筋が震えるほどのすごい写真があった。絵画でもない、ポートレイトでもない、風景でもない、肉眼でも見ることはできない、この世で見たことのない、新しいものだった。

芸術に触れる、それはこういうことだと思った。

7月6日

効率よく仕事を回すやり方を図など書いて真剣に考えていたら夜が明けたので、仮眠して名古屋へ行く。チビがゲロを吐いてさっそく十分遅刻した。子供連れは常にスリリングだ。

チカさんといっしょに森先生の家の庭園鉄道に乗せてもらった。初夏の緑がきれいで、楽しかった。一から作ることのすばらしさがこの目で見てやっとわかってきた。マスコミなどで見る人たちなんてほんとうに大したことない。すごいことを静かにやっている人がこの世にはいっぱいいて、森先生の庭園鉄道を見ると、そのことがひしひしとわかる。

そしてスバルさんがにこっとしてくれるだけで、幸せになる。もしも結婚してくれるなんてことになったら、死んでもいいと思うだろうな〜。永遠の女王。さすが森先生だ。

森先生に四次元の説明を聞いたら、今までいちばんわからなかったところ（時間の概念が突然入ってくるところ）がすんなり理解できたので感動した。

しかしそんなさすがな森先生の肩を「よう！」という感じで抱き、片手で手招きして「ちょっと、ちょっと」「早く、動かして～」と車を動かさせるチビ。今しかできないぞ、というかこの世にそんな恐ろしいことができる人は世界中で彼しかいないかも……。

チカさんはいつでも絵を描く人の目でものを見ていて、しかも論理的なのでいっしょにいて楽しい。チビにもていねいに話しかけてくれるので、チビはとってもわかりやすいようだった。「ハチミツとクローバー」ではぐちゃんが小学生と夏休みの絵を描く回があったけれど、まさに、あれを生で見ているような幸せな感じだった。観覧車に乗ったり、ひつまぶしを食べたりして、良い時間を過ごした。

7月7日

ぐちっぽくならないように、かつ自己正当化にならないように正確に表現するのがむつかしいのだが、ここは書くべきだろう。

新幹線に乗って仮眠していたら、その間にチビがとりかえしのつかないくらいはしゃいでいた。といっても席から離れていないし、大声を出している程度。

もちろん公共の場で騒ぐのはよくないこと（お店とはわけがちがう）なので、ぱしっと叩いて叱《しか》ったが、もうあとの祭り。周囲のふたりの人から極端なクレームが来た。

もちろん悪いのはうるさい子供、それを放っておいて寝ていた親、それは大前提だ。

しかし、ひとりはとなりの奥さんにあたりちらし、舌打ちをし、毛布を丸めて投げつけて席を替わっていたし、もうひとりはヒステリーのおばさんみたいに「いいかげんにしてください」とどなりこんできた。芸能人の付き人だった。

そのふたりが、三歳の子供に向かっていやな顔をしながら自分を正しいと思っている表情の醜さといったら、日本の未来は絶望だと思った。もともといらいらしていて、そのうっぷんをこの出来事に飛びつくようにしてはらしているのだ。

「大の大人の男がこれじゃあ、日本はほんとうにいやな国になっちまったな」

と私は正直あきれて思った。きちんと言い争ってあげるほど親切ではないし、別に傷つきもしない。

まあ、いずれにしても日本は私にとって単に行ったり来たりする国になるのでいいのだが、子供が小さいあと十年くらいはこれ（子供が少なく、みなが子供嫌いな雰囲気）に耐えるのかと思うと、ぞっとする。少子化を憂えているひまがあったら、そういうときに「電車の中でさわいじゃだめだぞ！」とちゃんと子供の目を見て言えるか、「すみません、私の上司が疲れていて寝たいのです、静かにしてもらえますか？」と親におだやかに言えるか、そういう大人を育てたほうがいい。うるさい子連れ＝バカ親＝怒りをぶつけていい、というふうに、彼らはすでに思いこんでいるのだろう。いつから夜の電車は全車両寝台車になったんだ？

バブルのとき、キチガイみたいにはしゃぎながら新幹線で携帯をかけまくり、酒を飲みまくるおじさんたちに耐えたと思ったら、今度はこういう風潮か、とまことにうんざりする。

7月8日

昨夜は小湊さんのすてきなトークにしみじみと笑いながら、鈴木成一さんを交えて打ち上げをした。鈴木さんは筋があるのに強く優しいかっこいい人だった。やっぱりなんで装丁をやっている人ってみんなかっこいいのだろう。謎《なぞ》だ。

子持ちこんぶを初めて日本に持ってきたのが小湊さんのお父さまだという貴重なお話も聞きました。そりゃあやはり、初めに誰かが持ってくるんだなあ。そうだよなあ。

そして前から疑問に思っていた「あんなにきっちりと魚卵が並んでいるわけがな

い」という気持ち、聞こうかなと思った瞬間、やはりビジュアル系（？）！　鈴木さんが質問した。そうしたら天然ものはあんなにきちっとは並んでいないということであった。ほっ。

7月9日

アレちゃんが遊びに来たので、みんなで再会を祝ってお茶をする。

いろいろ冷や水をあびるような話を聞き、自分がいつのまにかどんなにだめな人間になっていたか（もともとだめだったんだけど）を知り、背筋が伸びた。

そのあと「スーパーサイズ・ミー」の人がかなりいいかげんに撮った、お酒に関するおそろしいドキュメンタリーを観て、実験的に飲みまくる中年女とその家の末の男の子が酔ったママの変貌を悲しんでめそめそ泣いているのを見て、ますます背筋が伸びた。

さらにニール・ヤングのすばらしい新作を聴き。背筋が……。

そのあと、ソトコトで山口小夜子さんが勧めていただめな旅人「作者」さんのインドアぶり、オタクぶり、しかしがんばっている様子を見て、だめぶりを自分に重ね合わせた。なんちゅういいかげんな文章だ、まさにネット文体だ、でも彼はえらいな、だってとりあえずやってみるんだもんな、とまたも背筋が。

さらに川原泉さんの久々の新刊を読んだら、全く変わらないのに筋が通っていて、深みが増している。その生き方に背筋が〜！

ついでにカブトゼクターにはまる前のカブトムシ（？）が麺《めん》を切ってくれるのを見て、背筋は伸びないけど「かわいい」と思った。

なんだかどことなくヤマニシくんの日記みたいな文体だが、ほんとうにそういう、ぴりっとした一日だった。

多分一生を終えるとき、今日考えたことが、どこかでポイントになっていそうな気がする。

7月10日

チベットの踊りを観に行く。

ももたさんにちらっと会う。ちらっとでも嬉しかった。メールのやりとりはあっても、なかなか会えないからだ。

踊りのほうも、いろいろな用事が重なってどうしても最後まで観ることができず、残念だった。

なんというか、全体的にとてもかわいらしく、素朴で、技術もあるのに、清らかな踊りだった。

フラに通じるものがある、題材が素朴なほど、心の中身が全部歌と踊りに出てしまう。それを言ったらきっとサルサもフラメンコもタンゴもそうなんだろうけど。題材は常にシンプルだ。そうでないと深い話はできない。それが踊りというものかも。

私がほんのちょっぴり支援しているのはチベットの医学校の子たちなのだが、きっとあんなふうに素朴にいっしょうけんめいに勉強しているのだろうな、と思った。

7月11日

春菊さんのおうちで対談。ムネくんに写真を撮ってもらう。ムネくんのお姉さんにメイクをしてもらう。かわいいふたりだったので、撮影も楽しかった。

会えば会うほど惚《ほ》れてしまう、そんな春菊さん。男にとって脅威の存在なんだろうな、となんとなく納得。甘えまいと思っても、あの笑顔でいろいろ言われると、いつのまにか気持ちがだら～んとなって、もっと好かれたいような、不思議な懐《なつ》かしい気持ちになってしまうのだ。

ジョルジョが急に来日したので、ごはんを食べに行く。

いつも会っているような感じがするけれど、実際は遠いところに住んでいる。そういう友達が私にはいっぱいいる。会うといつでも密度は濃く、別れ際《ぎわ》には淋しくなる。「会えなくて淋しいより、会って淋しいほうがいい」そう言い合った。

忙しくてあまりかまってあげなかったら、夜中にチビがひとりで声を出さずしめしめと泣いていた。抱っこしたらもっと泣いた。私もそういう涙はいっぱい流したが、私には抱っこしてくれる人はいなかったよ、と思った。私が小さい頃、家はいろいろあってそれどころではなかったのだ。

そしてその淋しさをわかることができる自分がいることで、あの涙はむだではなかったな、と思った。大げさにならず、普通に抱っこして、泣きやんで、わかってもらえて寝れば、チビは大丈夫だ。子供はそれでいい。大人になってそうならないために。百歩譲って「偶然落ちて届けなかった」と信じるにしても、親が、川に落ちていく自分の子供を見て、家に帰って、そのままにしておく。それより淋しいことはなかなかない。

7月12日
大野さんとえりちゃんと久々にごはんを食べる。

食べながらも「何人に憑依《ひょうい》されているか」を大野さんの誘導でおこたりなくチェック。すごいなあ。これはこれで最高に楽しい世の中からのはずれかた。

えりちゃんはいつもクールだけれど、会うとてつもなく優しい人なので、その無骨さにきゅんとくる。

途中で大野さんのかわいいおじょうさんも来た。かわいいし、社会人だし、すばらしいなあ。お母さんがこんなすてきでうらやましいなあ！

7月13日

ヒロチンコさんが私の部屋の窓辺にできた蜂《はち》の巣を取ってくれたので、しかもあまり殺さずに取ったので感動し、もう絶対離婚はしないから、と尊敬のまなざしで誓う。感動した〜……。

私と結婚したい人は、蜂の巣を取ってくれればいいということもわかった。

ヒロチンコさんさえも、そう言っていた。今までしたなによりも評価された、と。

夜はほとんど偶然に、福田さんと井沢くんという異様な組合せでごはんを食べた。

福田さんはバリバリに働いていて、それでもいつもしっかりしていて優しいので「この人に欠点はあるのだろうか?」と首をかしげた。奥さんもすばらしい人だし、パパとしても良いパパだし。欠点見せて～！　と思う人は、他には文藝春秋の森くんがいます。欠点さえもすてきそう、ふたりとも。

それで井沢くんは欠点というかいつも問題点でいっぱいだが、いつも「井沢くんにしかないムード」をたたえていて、井沢くんの語ることは全《すべ》てが詩であり物語である。芸術家なのだ。となりにいるだけで彼の頭の中ではるかに広がる世界が見える。びりびりと伝わってくる。そこがすばらしい、得難い才能だと思った。

7月14日

今日も宴会。

久々に会った次郎くんと下北中のおじさん居酒屋をめぐる。おじさんになすをわけてあげたりして、とにかく世界中のおじさんを見たような気分。スーツからフィッシングベストまで、からみ酒から陽気な酒までの、全てのおじさんを。

久々に次郎としゃべって楽しかった……。こんなに頭が良く鋭く世間のことがわかりすぎたら大変だろうな、と思う反面、そういうところを頼もしく思った。

お酒をひかえているので、帰宅しても爽快《そうかい》。次郎くんにもらったＤＶＤポータブルプレイヤーを観《み》て、にやにやする。買おうと思っていたものを人がプレゼントしてくれる、この嬉《うれ》しさよ。

7月15日

みゆうちゃんに会いがてら、忘れていた振り付けを数人で自主練。

フラも数人だとなんか緊張しているようなリラックスしているような変な感じだった。

みゆうちゃんともママともゆっくり話したので、よかった。あとから来たあっちゃんとりかちゃんがウクレレを持っていてすっごくきれいで夏らしくてかわいくて、そこもよかった。ふたりが遠い席に座ったら、超かわいいカップルが席を譲ってくれた、それもいい感じだった。

オガワさんのまじめさというか、たとえへそを出していてもまじめなその心の美しさにいつもながら感心する。そして「いくら君がそのまじめさゆえに損をすることがあっても、俺はそれをちゃんと見ている、そして決してそんな誠実な君を裏切らない」と思うのだが、こう思ってくれる気骨のある男はいないのかい？　とおばさんくさく思うところもあります。

7月16日

犬とベッドで寝ながらなんとなくお話をするのは私の好きなことだが、昨日の夜中にチビとそれをやっていたら、またも犬を超えた飛躍の瞬間を見た。
私「じゃあ、晩ご飯のお話をしよう、晩ご飯なに食べたっけ？　お魚食べたね」
チビ「昆布もだよ」
私「ごはんの後はなに食べたっけ？　チビちゃんはぶどうを食べたね」
チビ「ももだよ」（私が食べていたもののほうが好きだったらしい）
先週までは「お魚だね」には「お魚だったね」が帰ってきて、「ぶどうだね」には「ぶどう食べた」だけだったのである。

7月17日

バーニーズでPIPPAさんに会う。

すっきりしていて知的で、思った通りのすてきな人だった。ある意味、究極に好きな作品を創《つく》る人かもしれない。

彼女に会ったらますますそう思ってファンになった。

せっかくなので伊勢丹に寄って、バーゲンの服をがばがば買って、点天の餃子も買った。ほんとうは今日はピザにしようかと思っていたのだが、さっきチビに、「ピザと餃子とどっちがいい？」と聞いたら、きっぱりと「餃子がいい」と言っていたからである。

最近食べたいものを言ってくれるから楽。

そのかわり、言われたらすぐに作るので、料理修行のよう。

この「リクエスト制」大変なようで案外楽だしスリリングなので鍛えられる。

7月18日

夜、たづちゃんが寄ってくれたので、焼き肉を食べに行く。

たづちゃんがあまりにも食べたがったので、そこの質の良いホルモンをおそるおそる食べたら、なんと顔のできものがしゅうと治ったので、感動した。前にヒロチンコも傷が治ったことがあるそうだ。ホルモン嫌いなのだが、見直した（？）。

やはりいとこなので声などあちこちが似ているのだろう、チビはすぐになついていた。

たづちゃんにほぼむりやり仙台四郎の待ち受け画面をもらう。

ものすごく仕事運がよくなると聞いたが、なんか、ノキアの携帯に合わない。ううむ！

しかも実在した福の神に向かって「ほんものの仙台四郎はハミチンの写真だけだ」などと不適切な発言をしていた。それから、近所に生まれた「パワワ」（どういう犬か察してください）の写真も送ってくれた。えらくかわいかった。

7月19日

ここぺりへ。

最近いつもかすかに頭痛がして、腕もあがらなかったので、勢いよくもんでもらったら、なんだか一時的に頭痛がしたけれど、「生きてるってすばらしい」という心境が久々によみがえってきた。体と心の密接なことに驚く。

夜は、チャカティカさようならの会へ行く。あの築八十年の建物が大好きだったのに、地上げでなくなってしまうなんて、あんまりだ。三茶でいちばん好きな店だった。夏は戸をあけはなち、外を行く人を見るのが好きだった。今はいなくなってしまった大好きだったなっつ君ともいっぱい思い出を作った店だった。

楽しかった思い出がつぎつぎよみがえり、なんだかじんとした。でも下北沢店があるから、まだ救われる。おいしいカレーとチャイはまだ味わえる。それにやはり「思い出をつくらないで悲しいよりも、思い出が悲しいほうがまし」なのだ。

そうは言いつつも、チビはおおはしゃぎでたくさん食べ、田中さんはおいしいものをばりばり作り、すばらしい料理の腕は健在、陽子さんとヤマニシくんとしみこさんはにこにこしてチビと遊んでくれて、なんだかんだハッピーな時間だった。

ぐっさんと宮迫では宮迫派が多かったのが、衝撃だった。

あんな芸達者な人が身近にいたら私だったらいつでも誇らしく幸せなんだが……ヒロチンコも同意見であった。夫婦とは。ふたりでぐっさんと住むべきか。

7月20日

「海のふた」文庫の打ち上げで、焼き鳥を食べに行く。

伊勢広、とてもおいしい。渡辺くんと同じく、私もああいう昔ながらの大きな焼き鳥が好き。たれで食べるべきものはたれで、塩のものは塩で出てくる。脂が少なく肉が多いのが好き。

渡辺くんと旅行すると、ふたりとも食べ物にどん欲で危険。そんなふたりをいましめるような渡辺くんの腹部のCTスキャンの写真を見せてもらった。どきどき！ ヒロチンコさんが冷静に「こんなに内臓に脂肪があったら、いったい食べ物をどこで消化しているのだろう」とロルファーらしい発言をしていたので笑った。

原さんも元気そうだし、ベイリーさんと啓子さんもやってきて、チビ共々幸せな時間を過ごした。チビが原さんをおぼえていて「原さんとハワイ行った」とくりかえし言った。

ベイリーさんと啓子さんはなぜか懐《なつ》かしい感じがする。子供のときの友達みたいな感じだ。そしていつも心が広いので、いっしょにいると頼もしくてお兄さんとお姉さんのようでもある。

帰りに中公の玄関のギャラリーでやっている睦稔《ぼくねん》さんの展覧会にものびこんだ。すばらしい沖縄の風景画が広い場所でのびのび飾られ、色彩もすばらしく、きれいな空気を吸ったようなよい気持ちになった。あの人は朝日の中にほんとうに女神を見ている人だ。

7月21日

寝る前のおしゃべりの時間にチビにしみじみと、

「ママは明日、ウルトラの母になっている、そんな気がするなあ……」

と言われた。気がするって、どこで身につけたんだい、その表現。

大天使ミカエルやホピ族の偉大な酋長《しゅうちょう》に「あなたは明日別の次元にアセンションするでしょう」と言われるよりもびっくりした。

7月22日

いやなことをまぜっかえすのもばかばかしいが、森先生が私の言いたいことを日記であまりにもすばらしく説明していらしたので、もうひとことだけ書こうと思った。

私は子供好きではない。騒いでいたら他人の子でも注意する。もちろん好きな子供はいる。大人で好きな人がいるのと同じ感じでだ。あと私は基本的に公共の場では子供を騒がせない。静かな場所ではもっとだ。

しかし物事には「自然さ」の度合いというものが存在するとは感じる。

海辺で寝ている人がいる、その横で子供が走り回り、はしゃぐ。波の音はもっと大きい。だれを怒りますか？　みたいな問題だ。

イタリアの夜8時の新幹線、終着駅がせまるとみんなの携帯電話が鳴り出す。「チャオ、今駅につく、そう、西口、チャオチャオ」切る。私は寝ている、もちろん耳に入ってくる。怒るべきか？

私が驚くのは日本に今あまりにも「途中の段階」を飛ばす大人が多いことだ。ものごとには段階があると私は感じている。一度目には、お口があるのだからお口で紳士的に言えばいい。それでも通じなかったら、もう一度少し怒って言えばよい。口べたなら手紙やメールやメモを書いてもいい。その次には公の人に訴え、注意してもらう段階かもしれない。そして最後に暴力が来る。そう思いたい。そう思えるために学校に行って教育を受けたような気がする。

赤ん坊はおなかが空いたらいきなり泣く。ものを投げる。

大人が公の場でそれと同じではいけないのではないかと思う。自分はそう思う。道ばたで座っている若者よりもずっといけないと思う。幼児さえ、説明してから行動するのだ。幼児以下ではなんのために学校へ行ったのかわからない。

となりの家に引っ越せともっとうるさくバケツを叩《たた》くおばさんとか、家が見えないほどゴミに埋もれた屋敷とか、親に腹を立ててついでに義理のきょうだいまで焼き殺してしまうとか、パチンコに行くのに人にちょっと頼んであずけるというのをはぶいて車に赤ん坊や犬を置いてきて殺してしまうとか、「価格は同じでいいのですが、私はセットについてくるウーロン茶が苦手なので、セットをお願いしますがウーロン茶は持ってこなくていいです」と言うともうわからなくなって「店長に聞いてきます」となってしまう（店長も大変だなあ）とか、そういうことだと思う。

私はそんな社会に変わってほしいとか、よくなってほしいとは思わない。自分の生き方しか自分では変えられない。ただ、人間なのに知恵や品格を育てられないまま生きて死んでいくのは残念なことだから、自分は学び続けたいなと思うだけだ。

7月24日

いとこのたづちゃんが姉の拾った猫をもらってくれるというので、ついでに小さいお誕生会をする。ハルタさんもたまたま来た。ゆいこも。石森さんも。みんなほんとうにたまたまふらっと来た感じで、変な組合せながら楽しく新鮮なひとときを過ごす。お誕生生ケーキはもちろんチビがはりきって「ハッピバースデーデアチビちゃ〜ん」と自ら歌い、ろうそくを消してくれた。違うんだが……。ふーふーしたらケーキにたら〜んとよだれがたれて、みんなひいい、と言った。

42歳……。信じられない。

おばさんの形の中に子供が入っている、そんな感じだ。おばさんのモビルスーツを着た子供（少女ですらない）だ。

7月25日

この数年、子供ができてからブルーノ・ムナーリをあらゆる角度からかなり尊敬しているのだが、彼の創った「ほんのちょっとの材料であらゆる建築物ができる」という積み木キットをいただいた。

このあいだワタリウムの地下で指をくわえてそれを見つめ「高いから本が出てからにする～」などと言っていたのを、欠点のない文藝春秋の森くんに聞かれてしまったのだった。

それでチビそっちのけでやってみると、その素朴な部品からはありえないくらいのかっこ良さで、バルコニーつきのマンションとか工場とかが作れるのだった。

考え抜かれたものってすばらしい。

7月26日

お祝いディナー。

なぜかビザビに行ったら、的場さんがいらした。

私は芸能界にあまり興味がないのだが、的場さんはすてきだと思う。ああ、この人がいたらみんなあのおそろしい世界を耐えられるよね、と感じたりする。

私が唯一《ゆいいつ》芸能事務所と関わった過去は、私から個人的に（仕事でではない）50万円借りてとんずらしたみどりちゃんとそのボスくらいだが、おどろくほど考え方が違っていて衝撃を受けた。何ごとにも私と逆、逆の判断をするのだ。もしもあのように判断していたら、確かに私も今頃大金持ちだろう。

そしてマネージャーという仕事の人たちのおどろくべき仕事量とわけのわからない包容力にほんとうに震えたものだった。

7月27日

チビが海に行きたいと言っていたので、葉山へ行く。

大野さんのご実家におじゃまして、ご家族のみなさんと過ごしたり、大野さんと海でがんがん泳いだり、おじょうさんとお話したりして楽しかった。

ものすごく親切にしてもらって、恐縮してしまった。

夕方、懐かしい感じの作りの家の中で着替えてくつろいでいたら、おじょうさんの練習するホルンの音が響いていて、庭に夕暮れがやってきて、ほんとうにいい感じだった。昔のままの時間がそこには流れていた。

自分もばりばり働きながら、すてきなご主人とも仲良く、あんなすばらしいおじょうさんをふたりも育てあげた大野さんはそれでもちっともいばっていない。しかも無償で人に親切にしている。見習いたいなあ、と思った。

7月28日

海へ行くと子供は必ず熱を出すもの。

私までしっかり風邪をひいた。

しかし！　今日は憑依《ひょうい》聖子のライブがあるので、カラオケ屋へと走る。

しばらく封印していた衣装などを私のお誕生会だからと次々に出してくれたノリちゃん先輩は聖子ちゃんそのものであった。バックダンサーもお色気ムンムンだし、秋葉原の匂《にお》いがするほんものよりも萌《も》えなSAYAKAまでいました。だんどりもものすごく、みな発表会の数倍の熱意を傾けて何回も着替え、そしてセッティングし、ウクレレ演奏などもあり、私のお誕生日だったのでりかちゃん作詞の「私の誕生日のための」歌まで披露され、みなさんが作ったリボンレイをいっぱいいただき、ほんと〜うに感激した。

今年は家族の調子が悪くて大きなお誕生会がなかったけれど、これで百年は大丈夫です。

最後にオガワさんがフラを踊ってくれたが、他のどんな珍しい催しよりも恥ずかしそうだったのは、なぜなの?

ううむ、考えずにおこう。ほんとうに一生忘れられないくらいすばらしい夜だった。忙しい人たちなのに、どれだけ手間がかかったか、それを考えるだけで笑え、そして泣けてしまう。

熱があってぼうっとしていて、今一つ派手な感情表現ができなかった私だが、あの人たちに対する感謝の気持ちは小説にも書けないほど大きい。

7月29日

しっかりとチビがぜんそくになり、私はしっかりと半徹で病院へ。

でも興奮するようなすごいライブのあとだったので、そんなにつらくなかったし、昼寝もした。私の風邪も今日明日がピークって感じだ。のどがいやらしく痛い。熱をはかるのがこわくて、自分ははからないままでごまかした。はかったら倒れるなって思った。

ふたりでいっしょに足湯をしたのが楽しかった。

7月30日

チビはだいぶ元気になり、私はめろめろ。なにも食べられないのでちょっと痩《や》せた。痩せ出すと、痩せるのは簡単だと思う。食べなきゃいいんだもの。

それでもカブトを観《み》てめそめそ泣いているバカはだれ。ああ、変身したい……私のところに「モンシロゼクター」が飛んできてくれないかしら〜。

めろめろついでにミカちゃんが作ったクリームと歯磨き粉とパウダーを買いに、近所まで出て行く。高橋先輩にフジロックの裏話をいっぱい聞いて、どきどきした。先輩が山で自転車に乗って楽しかった話を聞いたら、風邪もふきとんだ。あと、ミカちゃんがお母さんと妹と百貨店に六時間いたら具合が悪くなった話も最高だった。ミカちゃん「窓のないところに長くいるなんて、もうぜったいにむり……」

私もそういう体質なので、痛いほどわかった。あと苗場など淋しさがある場所に行くと意味もなく泣けてしまう、それも同じなのでよくわかる。こういう人たちは生きていくのが大変だけれど、たまに仲間がいるからほっとする。

7月31日

だれも風邪が治らないので、那須行きは断念。チビも連れて、散歩して過ごす。と書くと優雅だけれど、ふらふらでゲロゲロであった。

金原さんの「オートフィクション」を読む。すごく面白かった。ぎりぎりのときでないと言えないギャグが満載で、ああ、作家ってみんな同じなんだな、と思った。私も全く同じくせがあり、命に関わるときほどひどくなるし、深刻な場面ほど、ああなる。それで人の気にさわって殴られたりとか、ひどい目にあったことも、いっぱいある。もっと悪いことには人に信用されない。これってなにか病名のある病気なのかな。

こういうことを言うと「癒《いや》し系のくせに」とか「あんなすごい経験してないくせに」という輩《やから》が必ずいるが、私がなにを経験してきたか、その人たちは知っているのだろうか？　書いてないことっていっぱいある。ただ、あの若さとしか言いようのないどん底気分はもう失われているが。金原さんが若くなくなったときどれだけ面白いかものすごく期待する。

そして「ハチミツとクローバー」の最終回すばらしかった。涙をこらえきれずに読んだ。絵もすばらしい。言いたいことを自在に表現できる絵が彼女の持っている宝物だ。

そうだよね、大人になるということはこういうことだよね、と私も思った。すばらしいマンガだった。大人が描いたほんものの青春だった。ふりかえらないとわからないことはたくさんあり、理想はみんな歳《とし》と共に、自分で選んだ現実の世界へと降りてくる。しかし、心はいつでも自由だったし、いつまでも自由だ。

そういうマンガだった。

ありがとう、私にとってもきつかったこの数年をいっしょに歩んでくれた、あの、出てくる人たちよ。

8月1日

あるお正月、父のところに突然、遠くから車に乗ったファンの人がたずねて来た。もう泣きそうに嬉《うれ》しそうにして、少しでもお会いできれば、と言った。礼儀正しい人だった。いい人でもあった。

父はもう歩けないのに玄関までいざっていき、下駄箱にもたれかかって必死で立って、にこにこ話を聞いてあげていた。その人は自分が自分の尊敬する大好きな人に会えた嬉しさで、帰ろうとしなかった。笑顔で、質問し続けていた。父はずっと立っていた。私はそっとイスを持っていった。父はすわりはしたが、お正月、家族だけの時間、そして連れの人を車の中に待たせたままで、それから一時間近くその人は帰らなかった。その人にとってはそれは最高の思い出だろう。一生に一度のことだし、父はもう高齢だからたぶん会うことはないだろう。父の人生を支えてきたのはファンだから、しかたないだろう。父も嬉しかったと思う。

でも、それがあらゆるファンというものの問題点だ、と私は思っている。嬉しくて自分のことだけでいっぱいになってしまうのだ。

今日、私は西原さんに初めて会う。とても嬉しい。

こういうとき、あの遠くから来た父のファンの人の、無邪気な様子が頭をよぎる。自分が好きな人に会うときは、ファンとしてではなく、人として会わなくてはいけない、そう思う。気をひきしめていかないと、自分もやってしまいそうだからだ。

で、西原さんはきれいだった。

言ってることはむちゃくちゃ荒いのだが、お顔と目がすっとしていて、それが全《すべ》てを物語っていた。仮想敵を作って戦っていくのは大変な生き方だ。敵と想定した人は必ず敵になるし、常に戦っていなくてはならない。というのも実際会ってみて悪い人ってなかなかいないもので、悪い人を想定しているとどんどん悪い人の深みに入っていくものなのだ。それでもそういうふうにしてまでなにを見に行きたいかの責任は自分にあることをちゃんと知っている人だった。

いろいろ先輩お母さんアドバイス（子供は水につけてから炭水化物を食べさせると寝るとか、保育園に行っているあいだに仕事しようと思わないほうがいいとか）も聞いたし、今度呼び出して人には言えない話をいろいろ聞いてみよう……。

知ってる人ばかりの現場だったので、超気が楽だった。

エイミー・ベンダーさんが来日しているので、夜ちらっと会いにいった。全員大学教授みたいな席で緊張したが、管啓次郎さん（私の好きな本をたくさん、すばらしい訳で訳している）と大原くん（地元後輩だが私よりもずっとかしこい）がいたので、これも気が楽だった。

エイミーさんは作品にそっくりな人で「よくリハビリしたねえ」と同志のように思った。きっと大変だったはず、生きてくるのが。

8月2日

あちこちで話題になっていた会田誠さんの「青春と変態」をやっと読んで、文のうまさにうなる。そこいらの小説家よりもうまいのではないだろうか。だってトイレをのぞく人の気持ちにちゃんとなったもん。しかし、しょ〜もないなあ……。この本を出版した荒井くんもよく知っているので、ふたりの絆《きずな》のアホさにもしみじみとした。男ってアホだな〜。

日帰りで那須に行って、子供を芝生に放ち、思い切り遊ばせた。ヒロチンコのパパが手持ちで丸ごとのメロンと桃を持ってきたのでびっくりした。重！

那須っていってもちっとも涼しくないのでこれにも驚いた。子供を遊ばせる施設ってほんと〜に手抜きに創《つく》られているなあ……。それにしてもチビが全然馬をこわがらず近づいていくので、こちらがあせった。動物と親しんで育てすぎたかも。馬と犬は接し方が違うっていうのも教えなくては。私は久々にアブにちく〜っ！と刺されて腹がたった。

8月4日

フラフラでフラ。

死にものぐるいでついていく。やっぱりみんなで踊ると楽しい。クリ先生のすばらしい踊りを見たので幸せになった。ついこのあいだ踊ってもらったときは「こんな複雑な踊り踊れるようになるわけがない」と思ったけれど、今は一応踊れる（あくまで一応だけどね……）。目に見える進歩ってなんて嬉しいのでしょう。

みなさんにお誕生日のお歌を歌ってもらって恥ずかしかったが、このあいだ生の憑依聖子ちゃんに面と向かって祝われたのに比べれば！　余裕の笑顔で嬉しく聞いた。

帰りにちょっとしたスナックのようなところに寄ったら、爆音で騒いで歌い踊り狂う団体がいた。今日こそ、このあいだ私たちがうるさいと怒っていた人たちを全てこっちに動員したい。ままならないものだ。しかしそんな爆音の人たちも、のんちゃん先輩がちょろっとペッパー警部を踊り、そのあと聖子ちゃんを歌ったら少し静かになった。かっこいい……！　なんてかっこいい俺の大事な先輩。

その上、そんな爆音の中でなんと「魁《さきがけ》！　男塾」を熟読しながらひとりでごはんを食べ、うたたねさえもしているひとり客がいて、私とりかちゃんは思わず見入った。その人は起きたら突然「風になりたい」をひとりで歌い出したので、とりあえずそのマイペースさに賛同した女性6人で大騒ぎして応援してみた。きっと彼の人生でいちばんもてた日だろうな〜。

なんで私たちが行動するといつも変なことが起きるんだろう。異様なエネルギーが渦巻いているのか？　しかもみんな風邪をひき、私もぶりかえした。

8月7日

「ハチミツとクローバー」の映画を観る。マヤちゃんの絵がすばらしいことが映画の品格をあげていて、誇らしく思った。個人的には真山くんがはぐちゃんとあまり交流しないところが惜しいと思った。しかし、マンガ画面の再現率は超高い。

しかも監督が作品を愛をもって読み込んでいらっしゃるのがわかってキャラクターがそれぞれ正しい動きをしていて、そこもよかった。蒼井さんなんて全然はぐちゃん的ではないのに、演技の力で全く違和感なし。

出てくる人たちのあまりの細長さに目が慣れ、終わってからトイレの鏡に映った自分がいつもの3倍くらいに見えました。ヒロチンコさんも「あんな細長い集団はこの世にいない……」とあくまでロルファー的見地からつぶやいていた。

8月8日

意外な渋滞で遅れて湯河原へ。

しかも大雨でチビと海に行けそうにないので、マッサージを受けたり、風呂《ふろ》に入ったりして静かに過ごす。チビが湯あたりで夜中にげえっと吐いたのでびっくりして介抱した。

私もどうやったらこんなに眠れるのかというくらい眠った。

ストレスがつもりつもってやばいことになっているというのにひしひしと気づく。こうやって「えなりくん」くらいの年齢から（ウソ）大人に混じってがむしゃらに働いているときっとこの年齢で燃えつきてこういうことになるんだな。

だって俺の仕事、部署とか役職とか永久に変わらないもんな〜。売れなくなってリストラされることはあるかもだけれど。

ちょっと方向を変えないとな〜、としみじみ反省もした。

「私を離さないで」読了。ほんとうにいい小説だった。途中少しマンガっぽく安っぽくなりそうなところを力業で乗り切った感じで読むほうもそのバランスにはらはらした。森先生の「スカイ・クロラ」シリーズと基本的にはとてもよく似た世界観（書いていいのかな、こんな大事なこと）なのだが、全体を流れる憂鬱《ゆううつ》さと行き場のなさとイギリスの風景がよくマッチしていた。すべりこみセーフで間に合ったが、「もう遅い」感が人びとを覆《おお》う感じと、森先生の描くキルドレたちと同じで、育ちから来る不思議な子供っぽさが彼らにあるところが秀逸だった。読み終わってからテープのところとか思い返すとしみじみ泣ける。DVDでもMDでもCDでさえない、テープってところがまた悲しいの。イシグロ先生の最高傑作だと私も思う。

8月9日

薄曇り。

どうしてだか熱海の浜辺で正面からキャバリアスパニエルを連れて歩いてくるムネくんにばったりと会う。お互いにあまりにもびっくりして逆に自然であった。チビがちんたらと砂遊びをしているあいだに、彼らは犬をさらっとつないでさくっと泳いで撤収していったが、さすがカメラマンとかモデルとかヘアメイクさんの集団だと感心した。遊び方も手早いわ。

寒いので温水プールに行ったが、悪夢のように混んでいた。そして子供がいっぱいいるのに完璧《かんぺき》に水の中でやってるバカップルなんかもいた。なんだかまわりにいるだけでぬるぬるした汁が流れてきそうでぞうっとした。やっぱり日本の施設では楽しめないわ〜(お高くとまっているわけではない)。

車で移動していたら奈良くんがラジオで「ボランティアの人たちの熱意に支えられてA to Z展ができた、これまでなにかが足りないと思っていたら、美術館の人たちにはその熱意がなかったんだとわかった」というような笑えるくらい率直なことを言っていた。

奈良くんが大きなことをしているのに、私はなんで子供とプールに行ってるんだろ？　と思わないでもなかったが、そういう時期なのだなとあせるのをやめた。

夜はクワガタなど見つけて楽しく過ごした。

8月10日

チビは宿のお姉さんを好きになり「また帰ってくるからね」と勝手に誓っていた。お姉さんが来ると寝ていても一瞬がんばって起きてみたりして、男ってバカ……。

やっと晴れたので、海へ行く。

波が荒くてみんなでいっしょに飛んだりはねたりしていたら、知らない人同士連帯感がわき、海ってすばらしいと思う。

帰ってからハワイから一時帰国のちほちゃんと会計士ヌッキーと結子とがむしゃらに居酒屋やスナックに行く。やっぱり日本にしかないものは居酒屋とスナックだろうってことになって。それで日本的なおつまみ（鱧《はも》だとかにらだとか鶏《とり》のからあげだとか焼きそばとか）をつまんだり、GSとか演歌とかちあきなおみとか川本真琴とか日本的な歌を歌いまくって、知らないおじさんたちと拍手をしあって、正しい日本の夜明けを迎えた。

この夜明けとは全く関係ないが、ほんもののプロとは自己主張をそんなにしないものだと思う。

ここ数年、校正の人がものすごいクリエイティビティを発揮したがることが多くなってきた。「じゃああなたが全部書きなさいよ」と思うような文章の直しがたくさんしてある。これでは、この人、人の作品に自分の足跡を残したいのでは？　とかんぐられてもしかたがない。私はたいてい丁寧に怒ってすごい手間をかけて文句を書き、つきかえすことにしている。

私の文章に多少の問題があっても、それを読むためにお金を払っている人に対して書いているのだから、校正の人は明らかな誤字、名称の違い、設定のずれなど「だけに」本気であたるべきだと思っている。「そうではない、あくまで内容を直せ」と言われたら、その会社とはどんなにいい人たちでももう取引をしないことにしている。時間がもったいないからだ。

先日「人生の旅をゆく」という本を出したとき、編集の小湊さんが自らものすごい根気で校正をしていた。明らかに私がおかしいところには小湊さんの意志と確かな判断が感じられる書き込みがしてあった。本を出したいとか作品に愛情を持ってます、というのは本に関わる全員が一応言うことだが、それをなにで表すかというと小湊さんみたいに著者をうならせてしまうほどの、読み込みとしつこさと陰に回りながらも役目を全うすることだと思う。私はそこに真のクリエイティビティを感じ、小湊さんと必ずまた仕事をしようと思った。しっかり読んでもらえて、単純に楽しかったし、こちらも彼のような人に何回も読まれても飽きないものを書こうと思えたからだ。まだこういう人がまわりに数人いる。その数人がいなくなったときが引退のときだな、と思う。

8月11日

フラ。クムはいつにも増して美人だった。笑顔が輝いていた。

オガワさんがふりつけを教えてくれたので、すごくつまずきながらもなんとかついていく。友の力でなんとか在籍、ありがたいことだ。クリ先生が前にいないとどんどん暴走して回転が速くなってしまう。そんなとき同じ細長いさっぱり系踊りしかも運動神経がよいからうまいノンちゃん先輩がいるのはこれまたほんとうにありがたい。最高のお手本だ。

あとでごはんを食べていて、これまで出た様々な謎《なぞ》の飲み物について語り合っていたら、ちはるさんが「メッコール」を知っていたのでびっくりした。ちはるさんには知らないことなんかなにもないかも、といつも思う。前に住んでいた町のすぐ近所にとある教会があり、そこの前の自動販売機でしか売っていない飲み物だった。たまにおそるおそる買って飲んでみた。その町では銭湯に行くと、あの決まった髪型（ショート、前髪は眉毛《まゆげ》の上）の女性がぞろぞろと入ってきて、ものすごく質素な感じが統一（あ、言っちゃった）されていて、まじまじとそんな裸のみなさんを見つめてしまったものだった。一軒の小さいおうちに四十人くらい人が住んでいることもあり、どうやって寝ているのかなどいろいろ考えたなあ。

8月13日

横尾忠則さんの「病の神様」読了。すばらしい本だった。

私は「これから日本でどうやって歳《とし》をとってどういう仕事をしたいか」と思うとき、いつもなんとなく横尾先生が浮かんでくる。お会いするといつも子供のような鋭さを持っている人だ。口だけで少年のようでありたいと言い続けている人と全然違う。病気の話題だけにその横尾先生の真髄が発揮されていて、限りない数のヒントが入っている本だった。

前にいっしょに撮影をしたとき、ものすごくいいタイミングで「長いよ、写真もういいじゃない」とおっしゃったこと、パーティで奥さまと並んで座ってふたりとも前を見ながらひたすらもぐもぐサンドイッチを食べていてふたりとも子リスのようだったこと、猫の幽霊がいるときは猫の匂《にお》いがするんだ、とつぶやいていたこと。私は彼に一度も失望しなかった。

8月14日

お盆なのに忙しすぎ……。

通院寸前、バースト直前の忙しさ。あまりにも忙しいと、電池が終わりかけている携帯の充電もしょっちゅうはできないうえに、だからといって携帯を換えてもなかなか使いこなせずマニュアルを読むひまもなかなかなく、もうなんだか泣けてくる、そういう忙しさだ。

しかし実家へ行く。母がちょこっと元気になっていた。それで「数日前にすごくあんたに会いたくなったのよ」と言う。それで癒《いや》された自分も単純だけれど、そういうものかも。石森さんがぎっくり腰なのにあんまり気に病んでなくて「こうやってだいたい数日後には治るから」とにこにこしてたのもすてきだった。人は人にしか癒されないかも、ある意味。

8月15日

そんなこと言ってる場合ではなく、自分がぎっくり腰に。

自分は全然石森さんみたいではなく、あせるばかり。しかし！　神はいるようで、たまたまロルフィングの予約を夕方取ることができた。さらにたまたま陽子さんが夜までバイトに入れた。

行くしかない！　と家を出て、まず今日が最終日だったので、文化村にタイラさんの器を買いに行った。かわいいお皿を買って嬉《うれ》しかった。タイラさんも変わらずすてきだった。普段使って幸せでいられる器たちだ。もう彼女のお皿やカップがないと落ち着かないかも。

ロルフィングのおかげでなんとか立てるようになり、痛みも奥から表面まで出てきたので、快方に向かっていると信じつつ、渋谷で買ったおいしいパン屋さんのサンドイッチをみんなで食べた。ワインと、バゲットサンドだけの夜。こういうのが大好き。

8月17日

外がまるでサウナ、歩くだけで蒸し風呂《ぶろ》。ぎっくり腰のままに買い物に行き、たまった買い物をヒロチンコさんに手伝ってもらってすませる。肉まんを買ってていねいに蒸して、それが晩ご飯。あとオクラとナスのおみそ汁だけ作った。「これはギョウザなの？」とチビに聞かれ、似てるけどちょっと違うんだな、と答える。

「カポーティ」を観《み》て、ずっしりと落ち込んだ。わかる、わかりすぎる。信じられないくらいよくできていた。人びとの顔がそっくりすぎて、ドキュメンタリーか？と思った。あんな人たちよく見つけてきたなあ……。

8月18日

河合先生が、とても心配。

河合先生はまだまだお元気でいるべきだし、生きていらっしゃるだけで大勢の人の心の支えになっている。どれだけ多くの人が、彼を愛しているだろう。ご回復を心からお祈りする。お祈りしすぎて鼻血が出たのでびっくりした。

今日はりかちゃんとあっちゃんとクムの「チーム・ザ・おっぱい」（ボインだから

「ジ」おっぱいか？　心の中で勝手に命名）の踊りを見ることができて最高だった。心の宝箱にしまっておこう。クムはいつも美しく踊っているが、今日がいちばん楽しそうだった。年齢を重ねて楽しそうに踊る、力を抜いてハッピーに踊る、でも曲の意味は伝わってくる……よかったなあ、と思った。普通年齢を重ねるごとに荷物が重くなってくるから、暗くなるのは人生簡単。その逆なのがとてもすてきだった。そのあとのきれいな妊婦さんのすばらしい踊りと比べてりかちゃんとあっちゃんがいじけていたが、全然いじけることはないと思った。場数でどんどん内側の表現は外側に出てくるのだし、クムを幸せにできる踊りを踊れるなんてすごいことだ。

でも、晩ご飯を食べているあいだ、突然人前でクムと共に踊ったふたりはなんとな～くうつろでした。無理もないです。

8月19日

昨日久々に安田隆さんに会ったけれど、なんかこう前よりもさらにすっと力が抜けて達人度が増していて「きっと中国の気の先生とかって、こういう透明感があるんだろうなあ」と思った。なんの気負いもなくって、でもいつでも気合いを入れて立ち上がれるっていう感じだった。

8月21日

那須へ。

「アルゼンチンババア」の撮影見学と、堀北真希さんとの対談。

草原に建つアルゼンチンビルはすばらしかった。堀北さんは超かわいかった。

自分の頭の中にだけあったものが、外側に出てくるのってほんとうに不思議な感じ。でもきっと深いところでみんなの頭の中にあるものだからこそ、共有できるのだろう。そういう意味では原作の映像での再現率はこの映画が最高に近いかも……。監督の中のアルゼンチンババアを私も好きになれそうだ。

現場にいる井沢くんっていうのを初めて見たので、新鮮だった。しかし彼がいると心は大学生に戻ってしまう、もうなにもごまかせない。大人のふりもできない。友達っていいものだなあと思う。

8月22日

チビサービスでわざわざ大きな露天風呂の宿に泊まったらすっかり気に入って「ここをチビちゃんのおうちにする」と言い出したチビ。そうだね、私も住みたいよ……。

奈良くんの家へ。なぜか奈良くんの家のお向かいに大野さんが泊まっているので、ちょっと顔も出す。こんな不思議なことを偶然と呼んでいいのか？　というくらい不思議な感じだった。広い那須でどうして奈良くんと大野さんのお友達の家が並んで建ってるわけ？　チビは奈良くんの家の中をすっぱだかで走っていた。奈良くんに会うのはたぶん数年ぶりだけれど、これまた時間の経過が全く感じられず、友達っていいものだなあと今日も思った。

奈良くんを連れて再度現場へ。鈴木京香さんはババアメイクでもぞくっとするほど美しく、笑顔が輝いていた。すばらしい女優さんだと思った。

草原でアルゼンチンビルを見上げて時間を過ごしていると、そしてあの中にババアとみつこがいると思うと、ものすご〜くシュールな感じがした。すてきなシュールさだが。

いい映画になると思う。

8月23日

時間があったので旅先で飛び込みリフレクソロジーを受けていたら、全然知らない若い男の人がいる場面がどんどん頭に浮かんでくる。おかしいなあと思ったら、やってくれているお姉さんの頭の中だということがわかった。ということは、やっている人が悪い状態だと影響を受けるってことか。ちょっと考えさせられた。

8月24日

オーラの写真を撮ったり、ユニコーンカードを買ったり、社長を冷やかしたりして、スピリチュアルミーハー気分炸裂《さくれつ》。ヴォイスのオフィスを荒らして帰ってきた。

夜はいとこのたづちゃんと阿佐ヶ谷でタイ料理を食べ、猫たちを見にいく。みんなハンサムでおどろいた。とことん甘やかすとあんなにハンサムに育つのか！　チビが帰りに「まだたづちゃんとバイバイしないよ～」と言っていて妙にかわいかった。

8月25日

ぎりぎりのゲロゲロでフラへ行き、りかちゃんのお誕生会に参加。アヤコさんがいて嬉しかった。

このところいろいろな人が去っていくので、なんだか淋しいが、りかちゃんがにこっとしてるだけでなんとなく「大丈夫」な感じがするのでさすがである。

ノンちゃんが「日記で私をほめすぎだ」と怒っていたので、けなしておこう。ノンちゃんは気分のおもむくままにいろいろなお酒を頼んでは「濃い〜」と言ってまわりの人に飲ませるので、いけない人です。おかげでタヒチという店の超濃いカイピリーニャを半分飲まさせられました。でもそんな性格に反して踊りはばつぐんです。「このクラスでうますぎてはまずいんじゃ」というくらい遠慮して踊っていますが、もっと前に出てばりばりやってほしいです。こんなところが限界かな。

途中でたんじくんがやってきて、とってもいい感じだった。なかなかいないいい感じのままの男の人であるよ。

8月26日

高砂さんとのトークショー。

高砂さんの目は人間の目ではないみたい（動物？）で、普通の人といるよりもほっとする。本を立ち読みしていて、ジュリーを撮った写真のすごさに驚く。犬を撮る人はたくさんいるが、犬のほんとうの姿をほんとうに撮れる人はなかなかいないと思う。ラブ子がよみがえってきて泣けるほどのいい写真だった。即購入した。「アシカが笑うわけ」という本でした。

おじぃとまりちゃんが来てくれていたので、嬉しくて嬉しくてふたりにくっついていく。体がくっついていってしまうのよね、理屈抜きで。そういうのがいちばん大事です。二人は仙台帰りで、クリームが入った不思議なずんだ餅《もち》をいただく。ものすごおおくおいしかった。

あと高砂さんの奥さまのまさみさんから、これまた考えられないくらいおいしい上原名物のドーナツをいただき、十三歳のみゆうちゃんといっしょに同じ年くらいの感覚でむさぼり食って、すごく楽しかった。

高砂さんちのかわいく背が高いなっちゃんが来ていて、みゆうちゃんが「ありえない、あんな大人っぽくて歳はいっこ違い」とつぶやいていてかわいかった。そしておじぃはためらいなく「よ〜、なっちゃん！」とチュウしていてすてきだった。

帰宅すると上原在住のいっちゃんが「いつも売り切れていて食べたことない！」とそのドーナツに喜んでいた。住んでいる人ほど食べていない、この不思議……。

8月27日

海へ。

チビがちょうど反抗期でとにかくものすごい悪態ばかりついているが、鈴やんと陽子さんが来たら、ごきげんになった。春菊さんの描いたとおりで「ママ！　なんとかかんとかどうのこうのなになに、しないんだよう」という表現、間のところは聞き取れずとも、なにかしらネガティブなことを言ってるのはよくわかるの。その連発。

夜はマーちゃんとえいこさんも来て、渡辺くんとたけしくんのメタボリックコンビ（後にコンビ名はメタボリカと糸井重里さんが名付けました……ノーギャラで）も来て、大宴会。母もなんとか参加して、ほんとうに海に来ることができてよかったなあと思った。

8月28日

チビが鈴やんにプラモデルを作ってもらったらいっきょに尊敬度がアップして、彼の部屋に入り浸りになった。糸井さんとおじょうさんがやってきたので、みんなで焼きそばを食べに行く。チビがとってもかわいいそのおじょうさんを好きなのになかなか近づけないのがとてもおかしい。おじょうさんはお風呂で見たらこわいくらい眉毛《まゆげ》がなくてヤンキーの人みたいだった。脱色しすぎたとのことであった。東洋英和が泣くわ！

陽子ちゃんが帰ってしまうので、ヒロチンコさんと陽子さんとチビと四人で雑魚寝《ざこね》したら、夜中の一時にチビが「楽しいね〜！」と言った。ほんとうに楽しいね、と思った。

もう歩けない親たちだが、私がチビよりちょっと大きくなった頃から、いっしょにこのお宿に来ている。お宿も親も古くなったけれど、この落ち着きはお金にかえられないし、思い出も決してお金では買えない。いつも心の中にあのロビーとそこにくつろぐ人たちが住んでいる。あの大らかな宿のご家族が思い浮かぶ。土肥は私の第二のふるさとだ。チビにとってもそういう思い出を作っていると思うと、嬉《うれ》しかった。

8月29日

陽子さんとひと泳ぎして涙の別れ。クラゲもいないし、水はあたたかいし、太陽はいい感じだけれどギラギラしすぎず、まことに気持ちのよい泳ぎであった。

陽子さんが帰ってすぐにチビがいっそう荒れ出したので、とってもわかりやすかった。淋しいとなんだかそういうふうになってしまう気持ちはよくわかる。

しかし！　最強の夫婦、末次夫妻がそんな淋しい私たちのもとに到着。エリザベート旋風でみんな淋しさを忘れた。ヒロチンコさんがエリザベートのとなりでさりげなくお刺身を取ってあげたり、お酒をついだりしていたら、エリザベートがご主人に「ねえ！　となりにすわるとこの人、すごいよ！」と報告していた。「ただすごいって言われても」とヒロチンコさんがつぶやいていた。

8月30日

くやしいのでもう一回しっかりと泳いだ。チビも大喜びで海に入って、エリザベートと遊んでいた。海が好きになってくれてよかったと思う。朝から「海に行こうよ～！」とチビははしゃいでいた。

戸田に行くもカニの店が休みだったので、カニの店の近所で気楽に定食を食べる。店主が切り絵の名人、しかもクオリティ高し。イカ刺しの上にもかわいい切り絵でできた飾りが乗っていた。そして飽きもせずにアジフライを三日連続で食べた。幸せ……。

8月31日

宿を出るとき「来年も来れるかな」といつも切なくなる。毎年メンバーが減っていくので、今年はいっそう切なかった。でもみんなでにこにこ別れたので、やはり幸せだった。幸せで痛いならそのほうがずっといいと思う。そしてこの年齢になると「滅るわびさびのよさ」みたいなものも、だんだんわかるようになってくる。若いときには全くなかった感覚だ。

精算しようと思って、部屋の金庫を開けたら、いつのまにかたけしくんがくれたコカコーラのミニカー全部と、ガムひとびんと、ロボット数台が入っていた。だれが君の大事なものを入れておけと言ったんだい？　チビよ。

帰りに「アルゼンチンババア」伊豆ロケ現場に行く。水がきれいでチビが耐えきれず裸になり、嬉しそうに泳いでいた、岩地というとてもいいところだ。監督も滝田さんも真っ黒くなっていて、別人のようだった。

役者さんがいる最後の最後の撮影、手塚さんと役所さんと子役のかわいいおじょうさんが船で出航するのを見送った。私の長い夏まで終わったような感じだった。

「泳ぎたいけど撮影中は不謹慎な気がして泳げない」と滝田さんが言うので、私がつきおとしてあげましょうか？　と言ったら、「ああ！　なにするんですか、ざっぱーん」とか言っておきながらも、「そんな寸劇はだれも見ていないかもしれませんね……」と静かに言ったので、ものすごくおかしかった。

9月1日

昨日の夕方にニンニクげんこつラーメンを食べたら、顔中がてかてかだった。すごい食べ物だ。毎日食べたらすぐにメタボリカに加入できるだろう。

リコネクティブ・ヒーリングのイブニングセミナーに向かう。

なかなかよさそうなセミナーだった。大野さんと武藤さんと私とヒロチンコさんが一列に座ってしまい、そこにじゅあんさんがやってきたのでその列のスピリチュアル度が最高にアップした。

大野さんが「武藤さんっていつでもオーラソーマのボトルのような服を着てるんだよね〜、すてきだよね〜」と言うのでよく見たら、ほんとうにブルーとピンクでまさにバースオブヴィーナスのボトルであった。

9月2日

朝の9時からセミナー会場へ。

面白いのでさくさく学んだ。しかもほんとうにできるようになったので、びっくりした。とにかく進行がよく考えられているし、現実的だし、エリックくん賢いな〜、と思った。これまでこういうセミナーに行って、やっていることがばかばかしくなって帰らなかったことは初めてだ。たいてい一日目で「おえ」となって帰ってしまう私がまだキラキラと夢中。それだけでもすごい。学ぶ喜びだ。

もし私がある日急に新しいことができるようになったとしたら、どう人に教えるか、そう考えた場合、エリックくんのやり方はかなり自分の考え方に近い。スタイリッシュなものを大事にしているところも気があうと思う。

9月3日

今日も朝の9時からセミナー会場へ。

それで目が覚めて勉強に励めたのはいいのだが、腰が痛くてイスに座っていられず、いろいろな形をとってなんとかその場に。しかしほんとうにヒーリングはできるようになっていく。手にとるように、固体のような感触をもって、離れている人に触ることができる。かなり有効であった。自分の腰も治そう。

さすがに疲れてきたのかアシスタントのアダムくんがだんだん壊れてきて、計算もできなくなってきたのが「ああ、みんな人間」という感じでおかしかった。しかし教えに来ているほうの人たちはセッションも持っているから朝7時から夜中の1時まで休憩なしでぶっ通しである。中にはかなり年配の人もいるのに、すごいなあ、と思った。やっている人たちが不健康そうなヒーリングのセミナーってこれまでいろいろ見たが、それだけでがっくりと来てきびすを返したくなるものだ。今回はみんな「こうなりたい」と思えるような健康そうでゆとりのある人たちが教えていた。

今回私を招いてくれた方たちにお昼をごちそうになった。大きな規模のことをやっているだけのことはあり、シャープな方たちだった。うまくいくセミナーとはこういうものか、とそれも勉強になった。松永さんのところの方にもお会いし、風水についていろいろ質問した。奥が深そうだった。

いったん帰宅し、夜中にまた戻り、リナさんにセッションを受ける。

かなりすばらしいセッションで、ヒロチンコさんも感動していた。廊下で武藤さんとスギートさんにばったり会い、チビがその今日も美しいオーラソーマのボトルのようなお洋服をぺたぺた触っていたので、どきどきした。あの気高い武藤さんにセクハラタッチできる人がこの世に何人いるでしょうか！

9月4日

ラストセッションを受けに、またも会場付近へ。リナさんのお部屋に行く途中、今度はじゅあんさんに会った。いっしょに勉強できるっていうことがこれまたすてき。じゅあんさんは会場でもほんとうに熱心に学んでいて、同級生みたいな気分になった。

今日のワーク、これまたとても美しいもので、なかなかいいなと思った。結果的にお金に見合うすばらしい学びであった。むしろお得だ……。

昼間ひとりでごはんを食べていて、周りを見たらみんな外資系の社員たちだった。巨大なビルのきれいなオフィスで働き、すてきなランチを取っている。派遣の人もたくさんいるだろう。私の友人知人でもほんとうに優秀な人には派遣の仕事を長年続けている人が多い。そしてふと気づいたのだ。「そうか、外資系の会社が、日本に入ってくるときに日本の若い女の人たちの優秀さ、細やかさ、勤勉さをお金で買っているということは、日本の人たちまたは日本在住の外国の人たちがフィリピンのお手伝いさん（これからは看護師さんも）の能力をその静けさ、丁寧さ、細やかさ、手先の器用さ、優しさをお金で買っているのと、全く同じなんだな」と。ここで気分が悪くなる人がいるとしたら、それはフィリピンの人たちを、差別しているのだ。フィリピンのお手伝いさんも優秀な人になるとものすごく優秀でどこでもひっぱりだこで、かなりの高収入になるし、特別なスキルを売るという点ではなにも違いはない。自分の国の企業ではその人たちの高い能力を使い切れない、ということも同じだと思う。規模は違うが、その企業が撤退するときはみなそこを保証なく辞めるということと、外国の人で日本在住の人が自国へ帰る場合、お手伝いさんも辞めてもらうというのと、これも同じだ。

だからなに？　というわけではなく、そうなのだな、他の国に住んでその国特有の能力を買うということはこういうことなのだな、と思っただけだ。

9月5日

MARUの展覧会に行って、すてきな買い物をいっぱいして、そのあとアヤコさんと、「どこでお茶しよ～」と悩みながら歩いていたら、ばったり会った小湊さんがいいカフェを教えてくれた。わらしべ長者的展開だった。猫がいて、古くて、飲み物もおいしくてけちけちしていなくて、とってもいい感じ。

アヤコさんといっしょに本屋さんに行って、いろいろ見て、いろいろしゃべって、別れがたいな～と思いながら帰る。

やっぱり毎週会えていた頃が懐《なつ》かしいなあ、と思う。

帰宅して陽子さんといっしょに高砂さんに送っていただいたほやを食べるが、私の知っているほやは、もっと貝っぽいぐちゃぐちゃした形であった。今日のほやは食べやすくころころと袋に入っていて、まさに、女性の、あの……その……。

あとで陽子さんが全く動じずにこむぎねんどで「こんな感じだったかしら」とほやを作っていてさすがだと思った。できたものはとても人に見せられないものでした。

写真も載せられません！

9月6日

オーストラリアの作家、テリーさんのインタビュー。ひと目で「ああ、同じ種類の人間だ」とわかったので、安心してお話をした。こういうことがいちばんあてになると自分では思っている。同じ種類の人間に会うと、長い道のりを経て、今ここで会えたね、みたいな気分になるものなのだ。

ヤマニシくんとチビと焼肉。目まいがするほどすてきな厚さのスティックカルビというのをはじめていただいた。うまし。焼肉屋さんのおじょうさんがたまたま帰国中だった。韓国で仕事を持ち、いろいろな経験をしてひとまわり大人になっていて、親《しん》戚《せき》のおばさんのように「よくやったね！」というふうに思った。なにかにぶつかり、燃焼した人は美しい。計算なくぶつかっていった姿勢もすばらしい。それを支えたのは家族の愛だ。家族の愛は人をものすごい力で支えるな、と思った。

9月7日

久しぶりの、ほんとうに久しぶりの、本など自分のものだけの買い物の日。嬉しかった。たまっていた必要なものを買いに行った。武藤さんにばったり会ったら、今日もオーラソーマのボトルみたいであった。

人が辞めるのはもう慣れていて、悲しくはない。それぞれの旅立ちだなと気持ちよく思うし、自分自身も新しい人との新しい時代を見るのが楽しみ。それにどうせいつかはみんな辞めるし、自分もこの世を辞めちゃったりするし。

それでも、辞めると言われる瞬間の、ちょっと前の自分に戻りたいな、と思うことはある。たいていもううすうすわかっているので、驚くわけではない。もうそろそろだな、とうすうすわかっている三ヶ月間くらいがいちばんむずむずする感じ。それにも慣れた。

ただ、辞めるのが決まるほんの一時間くらい前でいい、今日がずっと続くような錯覚をしている自分に戻りたいな、とちょっぴり思うのだ。

この世の大家さんたちが、なるべく店子に長くいてほしい気持ちがよくわかる。

9月8日

運転手さんに道をごまかされながらも、必死でチカさんの家へ。

すでに森先生がいらしたので、みなで楽しく、基本的にしょ〜もない話をする。いちばんしょ〜もない話は「カムイって裸足《はだし》でしたっけ?」「いや、なにかはいています」「軍隊で巻くようなやつ」「きゃはん?」「そうか、はいていたか」「きっと草むらを走ったりするからですよね」だと思います。

そしてチカさんの家のでかく重いソファの位置をもっと心地よくするためにいろいろみなで考えたが、森先生が「ちょっと動かしてみましょう」とおっしゃり、みなで持ち上げたものの「これは床が傷つくからまずいな、ゴムの足で固定されています」と分析したのち速攻であきらめたので、男子がそう言うなら、とみな持ち場を離れ、妙に斜めで隙間《すきま》があいたままにして、みんな無責任に帰りました。今もきっとあいたままですよ。

「ハチミツとクローバー」10巻をチカさんにいただいた。最終巻、切ない。最後のドラえもんの短編、夜中に大泣きしてしまった。弱い!　あまりにも痛いツボだった。これまた切なかった。

9月9日

ひとりで森先生の名刺交換会に潜入。

変装していたのがまずかったらしく取り押さえられる(恥ずかしい……)も、横里さんに救い出された。昨夜、横里さんのすてきなエピソードをいっぱい聞いたあとだったので、そのことが頭をよぎらないように笑いをこらえて会話をした。

そのあとで友達のひろみちゃんが突然来たのでおちあい、お茶などしてからいっしょに柱の陰から森先生を見守った。しかもふたりでグルーピーとしてしばらくのあいだ後をつけてみた。バカ？

名刺交換会に並ぶ、ものすごく礼儀正しく清らかなファンの方たちにも感動した。ひとりひとりにきちんと言葉をかけて、しっかりと会話をしている森先生もすばらしかった。

森先生が「ハチミツとクローバーの最後がどうなるのか、絵の描き方でわかった」とさらりとおっしゃるので「ええ？　あのパンのオチが？」と言ったら、彼はものすごいアホを見るようなすてきなまなざしで私を見つめた。山吹くんがアホなことを言った恵美ちゃんを見る目でももうちょっと甘かったであろう。国枝先生が殺人に首を突っ込む萌絵さんを……もうやめよう、空《むな》しい……。

森先生「違いますよ、そんなのわかるわけないですよ、だれとだれがくっつくかです。絵でわかりました」

絵でわかるとは、さすが絵を描いている人だと感心した。

私は、途中から森田くんに関しては「私だったら」だれとも距離をおいてひとりになってから、たまに世界のあちこちでデートするだろう、と思ったが、私ではなくはぐちゃんだからなあ、と生きている友達の人を思うように矛盾なく思ったのだった。

9月10日

近所の同い年のともちゃんとこむぎねんどで、熱中して目が痛くなるほどの勢いで小さい寿司《すし》とかパンケーキとかロブスターとかを作った。チビはすぐに飽きて別のことを始めたが、私たちは必死。そしてすごいごちそうが完成した。ふう。

それで疲れてしまって外食になった（？）。

近所の鉄板焼き屋に行ったのだが、金額が高い上に全《すべ》ての素材が小さく小さく縮んでいてびっくりした。ここまで焼き込まなくても！　ただし、お店の人の感じはほんとうによかったので、縮んでいてもいいくらいに好きなものだけ、ちょこっと食べる分にはいいのかもしれない。

それで東京の人について思ったのだが、五千円出せば、三笠会館とか全日空ホテルの上だとかステーキハマ（ここはちょっと五千円微妙かな）のいちばん安いコースは食べることができるのに、それを知らずにこういう小さいお店で言い値で払っている人が、関西よりも多いんじゃないかな、ということである。

9月11日

チビとカラオケに行ったら「ちょっと恥ずかしいんだよ～」と言って、歌ったのは「レオ!」というところだけだった。ウルトラマンレオの。

それでも拍手喝采《かっさい》するバカ親であった。

それが恥ずかしくてなぜ堀北さんの手を取ったり、りえちゃんにチュウされても堂々としてたり、本上さんの乳を触ったり、股間《こかん》にミッキーマウスの光るスティックを入れてぎらぎら光らせながら「見て～!」とエマちゃんとMさんを追いかけ回したりできるのだろう。ううむ。

ちなみにその時、エマちゃんは必要以上に大受けして、熟女のMさんは年の功で「いいこと思いついたね～!」と笑っていた。

9月12日

今度の小説にハワイアンではないキルトが出てくるので、資料を求めてキルト展に行ったが、なんだかわからないがものすごい世界だった。あまりの気の合わなさに目まいがしてしまったので、ふらふらと帰ってきた。

そういえば私が今住んでいる家は、キャシー中島さんが一時期住んでいた家である。ご本人はそのことを知らないと思うけれど、不思議だった。

ハワイが私にくれたものは日々大きくふくらんでいく。不思議と減ることはないし、代償も求められていない。

恩返しをしたくてクムフラを志したサンディー先生の気持ちがちょっとだけわかる。

ヒカシューの新譜(!?)、世界的なレベルで驚く。巻上さん、全然気を抜いていない。日本の市場がだめなだけで、すごい人はいっぱいいる。身がひきしまった。

9月13日

英会話。

マギさんとバーニーさんに鍛え上げられる。リコネクティブ・ヒーリングであれほどなじんでいた英会話のはずなのだが、おかしいな〜、ちっとも上達していない。通訳の人たちの笑顔ばっかり眺めていたからかしら。しかも今日はＤｏを使う動詞の概念がすっかり頭から抜けていた。ひとつ入るとひとつ抜けるシステムとしか思えない。

マギさんの家はなんとなく七十年代の香りがして、とても落ちつく。みんなで食事を作って食べる感じとか、半分くらいアメリカにいるのと同じ感じとか。英語ってオープンでいい言葉だな、と思える。そこがいちばんすてき。

夜はアヤコさんが送ってくれた世田谷通りの豚まんをヤマニシくんといっしょにもりもりと食べた。おいしい〜、台湾の味だ。

ラブ子さんが最後に食べた固形物は健ちゃんの買ってきてくれたケーキだが、その前の日にこの豚まんをいきなり一個食べてくれたのもおぼえている。あの勢いは、今思うとろうそくが消える前の輝きだったのだなあ。

9月15日

森先生にいただいた珍しいシマウマのプレイモービル、箱船に乗せたらなんと……箱船の奥にもうひとカップルのシマウマが！　最もレアな箱船になったと同時に、箱船以降の世界のバランスが崩れてシマウマが多くなったら、それは森先生のしわざだ（?）。

フラはとてもむつかしい踊りで、まだよくこの曲の価値がわからない〜。みんな動揺していておかしかった。新婚さんが二組も来て華やかだった。帰りに私がずっと気になっていたあの人の名は酒井すすむだということがわかった。昔姉とタクシーに乗っていたら、酒井すすむがＮＨＫのラジオに出ていて、笑いすぎて苦しんでいたら運転手さんも笑い出してしまったことがあり、それ以来ずっとあの人はなんという名前？と思っていたのだ。それとあっちゃんの朝青龍顔マネを見たことだけが、収穫だった。みんながそれを待ち受け画面にしているが、仙台四郎とどっちが福を呼ぶかしら。

あとクリ先生がなぜか私の後で踊っていた（こんなこと一生に一度かも）が、後からなにかものすごいオーラがせまってきて、どきどきした。見学がてらベーシックを習った四年前のあの日、クムがクリ先生に「新しく入った人の前に立ってあげて」と言って、私たちはあいさつをしあった。あの日から私はクリ先生の出来の悪い直弟子で、何が起こってもこの気持ちは変わらなかった。すばらしいことだと思う。

9月16日

渡辺くんとデートの一日。

いっしょにバーゲンに行って、むき出しの買い物欲をぶつけあう。ふたりとも中年太りででかくて、バーゲンの小さい服たちが入らないので、むき出しの欲に反して老夫婦のようになぐさめあいながらマヤちゃんの陶器の展覧会に行く。

すばらしいできだった。彫刻はもしかして向いてないのではないかとちょっと思ったが、陶器は圧倒的によかった。彼女はやはり絵を描く人なのだ。ぎりぎりの線なのに、いいほうにぐっと傾いている。この、いい方にぐっと傾ける力こそが、才能なのだ。

やせたいならよせばいいのに、渡辺くんと中野の佐世保バーガーを食べる。「ポテトは残したよね」「それにバーガーは小さいほうを頼んだし」わけのわからない言い訳をしていたら、とっても痩《や》せたヒロチンコさんが私たちを見て悲しそうに微笑《ほほえ》んでいた。さらに晩ご飯を食べに行き（行くなよ……）、チビ連れでカラオケに行った。遊びに遊んだ楽しい一日だった。

9月17日

面接。とてもしっかりしたおじょうさんだった。今いる加藤さんといい、日本社会がこういう優秀な、いろいろ世間からはみだしたすばらしい経歴を持つ人を生かせないのはほんとうにもったいないことだ。

夜はみゆきさんが来たので、てきとうにごはんを作ってみんなで食べる。みゆきさんもはみだし組のひとり。バリに住んでスパのマネージメントをするそうだ。華々しい成果を聞くといつも「すごいね～、いいな～」と思うものだけれど、それまでにはいつでもだらだらして明日の見えない孤独な夜がたくさんあるはずだ。言わないだけで。

田中さんのところへ行って、みんなでしゃべる。下北チャカティカいよいよ始動だ。うまくいくことを祈る。チャカティカのないこの世の中なんて考えられない！

9月18日

ともちゃんのホイケ（発表会）。その舞台にはたんじくんもたけちゃん先生もトムくんもえさしさんもいて、なんだか嬉《うれ》しかった。

女の人も男の人も心からクムたちを信頼していて、良い雰囲気で、見てるだけで心があたたまって清らかになった感じだ。ともちゃんはど真ん中でものすごくきれいに踊っていて、見ていたらふたりの長い歴史がよみがえってきて、涙が出てしまった。しかもともちゃんのクムたちは、さらりと踊るのにめちゃくちゃうまくてぞっとした。

これから長年の取材を生かしてハワイが出てくる小説二連発。気合い入れて行こう、踊りも！　そう素直に思いました。

9月19日

いろんな人の誘いを断って淋しい限りだが、なんと10月いっぱいくらいまで、めいっぱい予定が入っている。仕方ないな〜、と思えるようになったのは、まさに年齢だろう。前だったら、死にものぐるいで時間を捻出《ねんしゅつ》していたはず。ロルフィングを受けて、ぎっくり腰にとどめを刺す。

帰りに軽くパスタを食べていたら、となりの席のおじさんたちがビールをがんがん飲んだ後に「すみません、飲み足りないのでワインを一本、あまり高くない奴《やつ》。それから安めのおつまみをください」と言っていた。店のおじさんは「じゃあ、ワインはこれ、おつまみはカニかな」と笑顔で対応していた。なんか……いい感じ。景気の回復なのか？　おじさんたちが力を奪われている社会はほんとうに切ないので、久しぶりに明るく正しいお父さんたちを見てほっとした。

9月20日

やっと、髪の毛を切りに行く。8月から行きたかったのだ。久しぶりだったが、店のみなさんが変わりないのでよかった。がつがつしていない人たちなので、なんとなくほっとする。

ケイコさんが遊びに来たので、いっしょにごはんを食べに行く。おいしい料理をつまみながら、タケハーナでワインを軽く一本あけた。

泳げないのにヨット、処女じゃないのに巫女《みこ》舞、サウナ嫌いのスウェットロッジ……ケイコさんの矛盾と波乱に満ちた変わりない人生は続く！　そこがまたほっとした。

9月21日

長野の澤くんに会いに行く。佐久平で待ち合わせ、ほんとうは小諸に行こうということになっていたのだが、考えてみたら、私は小諸に十回は行ったことがあるので、高峰高原と菱野温泉に行った。寒くてびっくり！

山の天気はほんとうに変わりやすいのでこれにも久々に触れてびっくりした。雲が目に見えて降りてきた。温泉はいいおばあさんばかりでのどかだった。昨今、いいおばあさんばかりの温泉なんて珍しい。話題も「出がけにあわてて精米してきたわ」とのどかであった。

澤くんとは一年ぶりくらいなのに、全然そんな気がしない。ヒロチンコさんも澤くんと楽しそうにしゃべっていた。永遠のひとつ先輩という感じの澤くんだ。みんなでおいしいそばを食べて別れた。

9月22日

昼間、石原さんと打ち合わせ。鍵《かぎ》をなくした英子さんも合流。みんなで楽しくしゃべった。なんだか妙に楽しかった。英子さんは堅実に人を楽しくさせるところがあって、この人がいたら、つらいこともなんとか乗り切れるかも、と思えるような人だ。

9月23日

原さんのライブ。廃校になった小学校で。

名曲ばかりで涙が出た。音楽室だから、大きさもとっても良くて、こういう小さいライブってほんとうにいいなあ、と思った。近藤さんの演奏もすばらしかった。ハワイで買ったウクレレも活躍していた。

しかし、私はほんとうに学校が嫌いだったんだなあ、と思う。懐《なつ》かしいとはひとつも思わなかった。学校の教室、廊下、水道、トイレ、悲しきことに全《すべ》てがものすごくいまわしかった。

9月24日

面接。よい人ばかりで心揺れ揺れ。よしもとさんは人事部には向きませんと人事部出身の人からアドヴァイスをもらうほど。

オガワさんがすてきなお菓子を持って家に寄ってくれたので、もともとあったおみそ汁などで接待するが、いつもラーメンとか居酒屋とかで会っていて申し訳ないほど、今日もきれいだった。私でさえそうなのだから、男の人はもっと「この人をきれいな店に連れていかなくては」と思うのであろう……。しかし、本人はチビのおにぎりを食べてにこにこしていました。

9月25日

今日も面接。すてきな人だった。もうどうしたらいいの？　っていう感じ。もちろんちゃんと考えていますが、毎日いろいろな可能性でドキドキし、お見合い気分である。

チビは今、ちょうど頭の中のことが表に出せない機嫌の悪い時期だったのだが、歯医者さんに行ってひとりでイスに座って治療を受けたら急に一段階大人になり、自分の思っていることがすらすら言えるようになった。にせものの危機だが危機にさらされ、飛躍の瞬間だ。

関係ないことだけれど、奈良の死んだ子だって、こうやってひとつひとつ育ってきたはずなのだ。それをずっとこんなふうに一生懸命見ていた人たちもいた。死刑がどうとかいう論議はともかく、それだけの愛情も手間も実らない一回の射精のためにみんなパーだ。これを法が裁かなかったら、なにを裁けばいいのだろう。昨日乗ったタクシーの運転手さんが「昔は子どもなんて近所中で育てた。俺が間違ってるのかなあ？ 俺だって男だから、どんな年齢の女性にも興味はあるし、想像もする。でもそれをこらえる自分がいちばん大事だ」と言っていて、なんだかただほっとした。

9月26日

朝からお友達のつきそいで病院。

いろいろな人間模様を見た。悲しいの、嬉しいのなどいろいろ。

病院はなんであんなにつらいのだろう？ と思ったが、人の種類が病状の重さではなく効率のみで分けられているからで、それもよかれと思ってやっていることなのでなんとも言えないから、つらいのだろう。でも現実が「あっちにいって、次はこっち」となっていると、もっとつらいことも流れにのまれて受け入れられるから、案外日本人にはこれでいいのかも、と思った。

友達はずっと大人として立派なふるまいをしていて、その子がまだ小さい時から見てきたし、自分も大人になっていたので、なんだかじんときた。

9月27日

ここぺりへ。

チビは走りまわったりおままごとをし、マリコさんと私はすうすう寝て、お茶とお菓子があって、陽子さんはチビに優しくて、その空間だけでも疲れが取れる思いだった。腰が悪いと思い込んでいたが、肩のほうがよっぽどはがれにくくなっていて、体というものの奥深さを感じた。

夜は飴屋《あめや》さんたちのもうすぐ出産！　のパーティーへ。

DＪ飴屋はとってもいい選曲で、チビは踊りまくり。コーラも飲みまくり。先が思いやられた。

初めての子どもが来る瞬間って独特の神聖な緊張感があって、それがおふたりを包んでいて、私とヒロチンコさんは懐かしくてしかたなかった。産まれてみるとなんということはないのだが、あの、独特の気持ち。いちばん大事な人を待っている気持ち！

9月28日

塚本監督と対談。

私は初対面だが監督があんなことやこんなことをしているのを昔から映像で観《み》ていて、目の前にいるのがなんだかとっても不思議だった。

監督が創《つく》っているものの全ては私の根底にあるものと同じなので、全然心配はないと思っている。「アルゼンチンババア」とは全く別の、安心感だ。

アルジェントもシャマランも塚本監督と同じように、私の中では勝手に仲間なのだ。

「六月の蛇」でいちばん大事なところは、脅迫する人がどうしてもある一線を超えられないタイプの変態であること。「ヴィタール」でいちばん品のいいところは、彼女の死体だけを見せないこと、そして「子どもを創ろう」と言い切ってしまうこと。

「HAZE」でいちばんいいところは、藤井さんが美しいことに主人公が気づくところ。その美しさが懐かしさと同じであることが結論であること。

それがいいな〜！　と一般にわかりにくいところでほっとする、私や飴屋夫妻は、同じあの時代の子どもたちなのだろう。これからも小さく小さくでも、この感覚を社会に還元していかなくてはならないのだろう。同じ種類の人たちのために。

9月29日

ヌッくん、結子、次郎というわけのわからない組み合わせで朝まで飲んだ。

次郎くんがやせていたので、びっくりした。病気とかではなく、運動しているのだと聞き、ほっとする。言われてみれば顔色もよく、精神的にもすっきりしている感じだ。よかった。中年期の健康というのはいろいろ考えさせられることが多い。

夜明けにひとり家路を歩いていたら、ふと思い出した。すごく昔、私はこの道のこの場所で彼氏に置き去りにされたのだった。しかも元彼女に奪われたのならまだしも、元彼女の弟に負けたのだった。情けない〜。そのあとつきあいはもちろん続いた。あの「彼が私よりも元彼女の弟を（貧乏で泊まるところがないという理由で）取った」段階で別れておくべきだったのか？　とも思ったが、よく考えたら、今その元彼氏はうちの親の介護を手伝ってくれている。めぐりあわせだ。やっぱりよかったのかも。

そして、今の私は同じ場所に夜明けに立っていても、気持ちは絶望していない。すばらしい友達と朝まで飲んで歌って、歩いて行くとその先には帰る家がある。大切な家族が眠っている家がある。不思議だなあ、生きていてよかったなあ、と思った。

9月30日

ハルタさんと深夜に「レディ・イン・ザ・ウォーター」を観に行く。

心温まる映画だったが……なんだかムチャクチャだぞ！

監督の役者率が日に日に高まっているのも気になる。

でも、大好きな映画だった。考え方とか、ところどころに同じ種類の人間の匂《にお》いがムンムンしてきて「失敗もあるさ」と思った。あなたがなにをしたかったかは、痛いほどわかります、と。

彼ほどの人でも、まれに思った通りの映像が撮れない状況ってあるのだな、と思った。

あとアパートメントの建物と住む人たちの中流具合が、かなり微妙だった。そこで映像が中途半端になってしまったのだろうと思う。きっと普通の町の普通の人たちが住む普通程度のプールで、神秘の扉が開いた、そこが大事と言いたかったのだろうけれど、映像的に大失敗。

ただし「ロード・オブ・ザ・リング」や古くは「グーニーズ」だと許されることが、

どうしてシャマランだと許されないのか、私にはわからない。期待の大きさもあるかもしれないが、この映画に目くじらをたてて「こんなおとぎ話を見せられても！」と怒る人たちの怒り方のほうが、とっても気になる。

10,2－12,31

10月2日

なんだかとてもいい夢を見た。そしていろいろな苦しみが起きたらとれていた。得した。それはなぜか森先生の「ε《イプシロン》に誓って」を読んだ後の気持ちに似ていた。内容は違うのだが、なにか乗り物に乗っている夢で、いろいろな謎《なぞ》が解けて胸の奥があたたかくなるような文体（夢の？）だった。こういうことで、やはりあの小説はよかった、としみじみ思うものだ。

10月3日

今日は表の工事で起こされ、くらくらしたまま雑事を片付ける午前中を過ごして、チビとごはんを食べる食べないで大げんかした。対等なけんかなので、こちらもあちらも傷つくけれど、仲直りも早い。

ごはんを作るのは大好きなのだが、あの手この手で食べないのを見るといやな気持ちになってくるので、私のほうが子供なのだろう。お母さんらしくないのは確かだ。ガルシア・マルケスの新作を読んだが、なんじゃこりゃ、ど～しようもない話だ、という気持ちが「ブラボー！」となる気持ちに負ける、珍しい作品だった。ここでいきなり楽天的に？　という転換点も意外で、南米だなあ、と思った。あの人たちは、ものごとがうまく回ってりゃ、とにかくそのままにしとこう、という感覚が常に根底にある。いずれにしても文章がすばらしい。むだでいっぱいに見せかけておいてそぎおとされているし、小説をまだまだ書きたいと思わせられた。こんな内容にも魔法をかけられるなんてさすがだ。

10月4日

ジョルジョとたくじに会いに新宿へ。

きれいな服を着て、楽しいおしゃべりをして、それぞれの社交と仕事をがんばる。そういうお友達なのだが、いつでも本気で愛し合っているのだ。遠く離れていても。そして彼らに会うたびに、ファッションについて真剣に考えさせられる。

私の感触では、流行関係なく最高にモテないのはヒッピー服、次がギャルソン。が～ん！　スポーティやカジュアル以下っていうのが泣かせます。いかに男が女をしばりたいか、女は男をだましているかですね。

夜はヤマニシくんを交えて餃子焼きまくり。食べまくり。楽しかった。私たち家族がヤマニシくんをどんなに大事に思っているか、表現できないくらいだ。

10月5日

飴屋さんちの赤ちゃんに会いにいく。いかにうちのチビがバカでかかったか、わかった。あの大きさなら、今すぐいっぺんに三人は産める！　とさえ思いました。でもかわいい、美男美女の家に産まれた美人ちゃんであった。かわいくて全身がむずむずした。

10月6日

考えられないような、笑っちゃうような大雨、大風。みんなそのへんに壊れた傘を捨てている。

しかし！　生姜《しょうが》をがんがん取っているのと導引術がほんとうに効果ありで、ちっとも体が冷えない。顔がぽっと赤いから熱があるのかと思っていたら、なんと温まっているのだった。あなどりがたし。

フラへ行って、昔妊婦だったのと、下手すぎたので全く踊れなかった「to you sweetheart, aloha」をなんとか踊る。腰が痛くてどうしてもオニウができないが、それでもなんとかついていく。まず腰を治そう〜。それにしても、昔は「カオは右から?」とか「はじめアミアカウで次がヘマ」とか理屈っぽくしか理解できなかったこの踊り、今は体で入ろうとしている自分の進歩が嬉《うれ》しい。小さい進歩だけれど。踊りのお手本のんちゃんもいてくれるし、今期はまじめにやろうと思った。

みんなでごはん。金曜日の貴重な夜を分かち合ってくれるおじょうさんたち、みんな大好きだ。そして豚肉をがつがつ食べる。

10月7日

ハワイへの荷造りの合間にマルコムくんに会いにバーニーズに行く。

小林さんと私の英語力が毎年全然アップしない……。こんなに海外行きまくっているのになあ。子供をインターナショナルスクールに入れるのをあきらめようっと。

ここで「今こそ、英語を習得しよう」とは思わない、そんな自分が切ない。しょせん下町の中の上流家庭出身、勉強嫌いである。己を知るのが人生エンジョイの秘訣《ひけつ》かもです。

すばらしいリングを買った。とっても地味なのだが、なんだか胸がしめつけられるようなすてきなダイヤが入っている。今の気持ちにぴったりだった。嬉しい、秋の買い物。

10月8日

子連れの旅行の大変さ、あほらしさ、むなしさ、これはもう経験してみないとわからない。この年齢でこんなにへとへとになれることは他にはない。仕事で徹夜なんて全然らくちん。

これをしてきた全《すべ》ての親に愛と感動をおぼえます。

そして旅の留守を守るペットシッターさん、やっているほうはそんなにすごいことをしている感じではなくてただ大変でかわいいだけなんだと思うけれど、旅立つ方は毎回切なくて吐きそうなので、その人たちがどんなに大事かはこれもはかりしれないほどである。

というわけで、チビ連れでハワイへ。

石原マーちゃん、ちほちゃん、ジョルジョ、たくじ、うちの家族(含む陽子さん)というむちゃくちゃな組み合わせであるが、ハッピーな旅仲間だった。みんなでカフクの屋台にエビを食べに行き、ビーチでずるずる寝て、レストランがみんないっぱいだったので安いブッフェのところへ行き、いいワインもばんばん飲んだ。

ジョルジョとたくじがとてもおしゃれなので、目も休まった。

ハワイはその光と風だけで、ただただ幸せな土地だ。

10月9日

しかしハワイはなんと、チビが時差ぼけで午後にはぐっすり、朝3時にたたきおこしてくるおそろしい土地でもある。今回も深夜に「ママ助けて〜」としくしく泣きながら言うから、なにごとかと思えば「暗い〜」だって。深夜にごはんを食べさせ、歯を磨かせ、TVを見せ、夜明けに（もしできればだが）眠るのだった。

そして寝ぼけていて、午後チビをプールでおぼれさせそうになってしまった。両親ともにひやっとし、こういうときに事故って起きるんだな、という感じがよくわかった。

本人はいろいろな人に「プールであぶなかった、パパとママが悪かったよ」と言いふらしていて、これまた切ない。こうやって消えない傷が残っていくのね。でも生きていてくれてほんとうによかった。

ランチ時におそろしいスコールが来て、去って行った。そして明るい光の中でちほちゃんを見送った。外国に住んでいる友達は、今度いつ会えるかわからない。いつまでも手を振った。バスの中の他人たちも笑顔だった。

また夜明けに叩《たた》き起こされ、カップヌードルを作ってあげる。

カップヌードルにお湯を入れたとたんに、風呂場《ふろば》のすみずみからゴキブリ様の虫がぞろぞろ出て来て、自然の多い場所のこわさを感じました。

10月10日

アメリカの飯は多い。まずいほどではないが、多いのだ。多いものには多いもののための味付けがある。もし多く食べたければ多く食べられる味付けの工夫があるべきなのだ。が、それも全く無視されている。まずくて多いものをがんがん残しながら食べていると、だんだん食べ物が「モノ」にしか見えなくなってくる。

私は人によく大食いと言われるし、確かにデブだが、デリカシーがない食べ物が嫌いだし、味にうるさい。テーブルに載るものは全て無意識のイメージと直接つながっていて、官能と広がりがあるものなのだ。

だから当然アメリカではだんだん食欲が失《う》せてくるのだが、昨日は「ハレ・ヴェトナム」に行って、オガワさんおすすめのすばらしいベトナムしゃぶしゃぶを食べたので、幸せだった。鍋の中のスープがトムヤムクンに似た最高の味で、繊細だった。エビの揚げたのも絶妙の塩こしょう加減で、衣はほとんどついていないすばらしいものだった。量もほどよくて、アジアにしかないある種の感覚のすばらしさを痛感する。

10月11日

石原マーちゃんが夜明けに帰って行ったが、私だけが見送ることができた。それは、4時からチビと宴会をして起きていたから、ふう。乳をやっているときのような寝不足ぶりだ。今日の一言は「ママがあんまりかわいいから起こしちゃった」だ。それは、逆だろう！　かわいいから寝かしておいた、だろう？

ワイキキに移動。

今回はニューオータニにしたら、常にあるワイキキに対する不満が全く感じられず、場所は不便だがとってもよかった。目の前のビーチも最高で、夢みたいな場所だ。思わずジョーズごっこをしたくなるくらいに典型的なまさにアメリカ人の夢のロングビーチ。あの町の名前はアミティだったことまでおぼえている自分が切ない。

チビはたくじのたくましい腕に抱かれて海ではしゃいでいた。

樹のあるすてきなテラスの朝飯が考えられないくらいまずいのをのぞいて、ほんとうにいいホテル。曜日によってはすばらしいシェルレイを、フラのハラウをやっている人たちが作ってロビーで売っています。その良心的な値段ときれいな目を見ると、フラをやっていてよかったと思う。

アラモアナでアバクロ買いまくり。「三世」に行き、創作寿司《ずし》食べまくり。ザ・日本人！

10月12日

せっかくだからカクテルを夕方テラスで陽子さんと飲む。

ロマンチック〜。

目の前のビーチでは日焼け止めを塗ったのにすっかり焼けて黒くなって唇が青くなるまで泳ぐ海好きのチビの姿が。「チビちゃん、ここが好き。ずっとここにいるの」ママもそうしたいけど。

最後の夜なのでステーキだろう、と地元民にすすめられたパークハイアットの中の店に行ったら、今にもコッポラが映画で撮りそうな気取った高級店なのに、やたらだだっぴろくてバランスむちゃくちゃだ。さらに気取った給仕が目の前でシーザーサラダを作ってくれたが、これは、とてもおいしかった。

肉は、あまりにもあまりにも多くて残した！　残念。同じくグルメのたくじと真剣になにが欠けているのか語り合った。やっぱりバランスだろうなあ。肉は分厚いのだがソースがちょっと甘くて、量が足りないとかね。

10月14日

ＵＡの機内食が殺人的にまずい。飛行機で吐きそうになったのは初めてだ。まずいだけではなく、防腐剤が入ってるのではないか？　というような不思議なおそろしい香りがする。

家でもうこれ以上は健康的にできないってくらいさっぱりした夕食を作って食べて、ほっとした。ふう。

撮っておいた石原マーちゃんの「プロフェッショナル」を観《み》て、すばらしい仕事ぶりに感動した。あのすばらしい奥さんが表に出てこないところも、とてもすてきだった。しかし、作家ってそんないろんなすごいことしてもいいのか！　知らなかった！あ、でも一度だけ書けずに長編をすっぽかしたことがあった。でもすぐに他の仕事で補った。まじめすぎる自分が悲しい〜。

編集者としてのマーちゃんのすごいところは「これを言ったら怒るよね」というところでは、かなり信じられないことでも決して怒らず、しかし他のど〜でもいいことでものすごく怒る、このバランスである。いつもただ許しているわけではない、彼なりの筋が通った基準がある。なので信用できるのだ。私もほんとうに尊敬している。

10月15日

この二日間のことは、書いて残しておくべきだろうと思う。

チビが幼稚園を見に行くと言うので、電車に乗っていっしょに建物の前まで行った。最後の坂道のところで、チビが私の足にしがみついてきた。

「こわい！　ママ！　こわい！」と目をつぶっている。

私には何も違うところが感じられない。ただ、建物がいやなのか、それとも雑木林がうっそうとしてこわいのか、目に見えない人でも立っているのか、わからない。

でも、この幼稚園はやめたほうがいいのかなあ、とちょっと心配になってしまった。

そうしたら、どんどん憂鬱《ゆううつ》になってきた。

その憂鬱の度合いはものすごく、生きているということが無意味で、徒労で、これから先はつらいことばかりだ、というのを千倍にしてぎゅうと押されているような、そういう気持ちだった。そして淋しくなった。淋しくてしかたなく、ほんとうに孤独を感じた。

家に帰ってもチビはぐずっていた。そして私がていねいに笑顔で「なにがこわかったの？」と聞き出しても「ううん、言わない」「電車に腕をはさまないでって書いてあったから」とばかり言って、ごまかしておもちゃで遊ぼうとした。そして「こわかった、ママ守って」をくりかえす。「幼稚園がいやだったなら、いやだって言ってくれないと、守ってあげられないよ」と私は言い、「もう一回教えて？　なにがあったの？」と言った。電車の中でだれかにいやな顔をされた可能性もあるし、とにかく根気よく聞いてみた。「おねえさんがいた」とチビは言った。「おねえさんこわかったから」と。

やっぱり電車かな、と私は思い、とにかく暗い気持ちのままで台所に立ち、シチューを作り始めた。幼稚園の問題が白紙に戻りそうなのも憂鬱だった。

煮込む段階になって、火を使っているのにチビがいつになくしつこくまとわりつくので、私はいらいらして「熱いの煮てるから、あっち行ってな！」ときつく言った。するとチビが泣き出して「だってこわいんだもの、ママ守って、怒らないで、抱っこして！」と言った。

私は、この段階ではチビが幼稚園の大きな建物にびびったのか、混んだ電車がいやだったのか、時差ぼけで眠いのかわからなかったので、とにかく抱っこしてベッドに運んだ。

チビは私にしがみついたまま、こわい、こわいと言っている。そしていつしかしがみついたままでぐずぐず泣きながら寝てしまった。

そしてすごい金縛りが襲って来た。時差ぼけで疲れているとよくあることなので、そのままにしていたら、ヒロチンコさんから電話がかかってきて（後で聞いたら、電話の調子が悪くてどうしてもかけられず何回もかけたそうだ）、待ち受けのクムの声がペレの歌を歌いだしたら、金縛りが解けた。さすがのクムフラサンディー先生ありがとう。

ずっと気持ちは重く、夜は暗く、チビはそのまま寝てしまった。私も時差ぼけでうとうとしてはいやな夢を見て何回も起きた。

しかしウルルンで中国のかわいい若夫婦と仲良くする加藤雅也や、深夜番組のしょこたんの笑顔を見たら、ちょっと元気になった。それから伊藤まさこさんのお母さんの昔からのレシピの本を見ていたら、心が静まった。お母さんの味はあぶらっこくて、古くさくて、でも懐《なつ》かしくて、おいしそうで、その人のおうちだけの味っていう感じだった。それでやっとぐっすり寝た。

10月16日

私は昨日のことが知りたくて、チビに「あの幼稚園いやなの？」と聞いた。でもチビはごまかしてばかりいた。そして私に嫌いだとか、ごはんがまずいだとか、意地悪を言う。私は悲しくなってきて、さめざめと泣いた。気持ち悪くて、悲しくて、苦しくて、口がきけなくなった。

ヒロチンコさんが心配しているので、私はいろいろ説明したが、口から出てくるのは絶望の言葉だけだった。旅疲れが重なった育児ノイローゼかな、と自分では思っていた。

二階でひとりで泣いていたら、チビがやってきた。そして私の手を握って言った。「ママごめんね、チビちゃんは、こわかったの。幼稚園に、おねえさんがいて、家にもいたから。楽しい幼稚園がいいよ」説明してくれてありがとう、と思いながら、なんだかぞっとした。エマちゃんが来たが、チビはやはり同じことを言っていた。が、エマちゃんが「幼稚園行きたいなあ、私」となだめようとしたら「ひとりで行きなよ」と言われて大受けしていた。

私は気になって、ヒロチンコさんともう一回幼稚園を見に行った。やはり周辺が少し荒れた感じだから、こわかったのかな、と言い合い、もう一度晴れた日にチビもいっしょに来て、まだこわがったら、考えようということになった。

夜は実家に行った。着いたとたんに姉が言った。

「あきちゃんが亡くなったよ、飛び降りて。昨日の夜」

姉も昨夜、まだ知らせがある前に、夢を見たそうだ。高いところから落ちる夢。そして、なぜか姉はしょこたんの姿で（オイオイ！）、うちの近所にあるしょこたんのおばあちゃんの家に行くと、猫が彼女を見てシャー！　と怒って、おばあちゃんは彼女の姿を見て息を飲み、おいおい泣いたそうだ。それで姉は「ああ、私は飛び降りたから、ひどい姿をしていて、みんなこわいんだ、ごめんなさい」と思ったそうだ。なにかが夜を超えて、彼女を大好きだったが抱えきれなかった、みんなのもとに届いて来たのだろう。

あきちゃんは長い間病気と闘っていた。私は途中から関われなくなり、彼女と縁を切った。最後にしゃべったときは数年前、電話で「泊めて！　家が暗いのがこわいの！」と言っていた。泊めてもよかったがそうなると彼女は家に住みついてしまう。帰らなくなり、病院にも行かなくなるのだ。電話は毎日かかってくることになり、しかも五分に一回くらいになる。

私は「私には私の気持ちがあり、私の暮らしがあるよ。私は大丈夫そうに見えても、あきちゃんと同じでぎりぎりで生きている人間だから、いつも泊めてあげることはできないよ。ねえあきちゃん、私の気持ちはどうなるの？　私にも今夜したいことがあるかもしれないでしょう」と真剣に言った。あきちゃんはわかってくれた。「家に帰って、電気をつけて、それでもこわかったら、もう一回電話して。泊めてあげるのはできないけれど、電話はいいから」「やってみる」とあきちゃんは暗く淋しそうに電話を切った。姉もその日、同じことを彼女に言ったそうだ。そしてもう電話は来なくなった。

最近では彼氏と仲良く暮らし、落ち着いていると聞いていたが。

美人ちゃんだったあきちゃんの明るい笑顔、毎年いっしょに旅行に行って、小学生から知っているあきちゃんのぷりぷりの裸、つないで歩いたあったかい手、泳いでアイスを食べて雑魚寝《ざこね》してTVを観た日々。夜光虫がきらきらしていた夜の海にいっしょに飛び込んだこと。

パプリカを探しにいっしょに紀ノ国屋に行って、帰りに高橋先輩とばったり会ってみんなでコーヒーを飲んだこと。いっしょに粟《あわ》ぜんざいを食べたこと。「まほちゃんは私の友達？　友達なの？」と聞かれて「まだ友達ではない。だって、私はあなたの悩みを知っているけれど、あなたは私のことを何も知らないでしょう？　時間がかかるものだと思うよ」と私は言った。

みんなが私の当時の彼氏を嫌っていた頃に、あきちゃんだけがにこにこと彼に話しかけてくれたことも思い出された。

この世を生きて行くには、淋しがりやさんすぎ、気が優しすぎた彼女だった。それにしてもチビはもしかしたら、とんでもない姿で会いに来た彼女を見てしまったのかもしれない、推測に過ぎないが。そりゃあ、こわいはずだよな〜。

子供の言うことは疑わずにとりあえず信じよう、とまたも思った。そして私にのしかかってきたあの絶望的な気持ちは、きっと彼女が死を選ぶときの気持ちだろう。きつかったが、でも、分かち合えてよかったと思った。それしかしてあげられない。

みんなで冥福《めいふく》を祈って乾杯したら、すっと体が軽くなり、彼女はきっともう大丈夫だと思った。石森さんも、うちの家族も、みんな彼女を大好きだったから、しみじみと飲んだ。

そして……ウルルンでひたむきに知らない人の家にとけ込もうとするかっこいい加藤さんとか、楳図《うめず》タッチでものすごい絵を描いてるかわいいしょこたんとか、世のお母さんたちの作り続けて来たおいしい食べ物の本は、大まじめに人を救うんだなあ、と思いました。生きていくって、ただ、そういうことかも。

10月17日

今日は占星学的には思ったことがなんでもかんでも百万倍になる日だそうだ。

確かに気分がよかった。しかし時間帯などをくわしく書いたメールを何通かもらったというのに、私はぼけていて明日からだと思いこんでいた。

それで「明日は青森で百万個のほたてを」などと言って大事な時間をのがしてしまった。あはは。いちばんぜいたくですてきなことかも。

押井守さんと対談。

その場にいた人全員の考え方、しゃべり方、生き方などなどみんな私が幼い頃から高校を出るまでいっしょにいた人たち（簡単に言うとオタクの極限）となにも変わらず、とっても懐かしかった。こんなに自然に人としゃべったのは久しぶりってくらい。

最も星の光線が増大していた（ロメロの『ゾンビ』じゃないんだから、そんなこと言われても）はずの時間帯、押井監督と私は「団塊の世代はいかん」という話をしていたが、優しく気の小さい私は、団塊の世代に私たちの怒りが百万倍になってのしかからないかどうか心配でしかたない。

押井さんはほんとうの意味で親分肌の温かく懐かしい人だった。

私は内容に幼児体験から来るオブセッションや取り憑《つ》きが感じられない監督に全く興味がないが、彼にはそれがある。夜の街を走る乗り物、高層ビルの窓の光、一人暮らしの部屋に犬。アングルまで決まっているのは、お遊びではない。切実な内面の叫びだ。

お会いできて、幸せだった。

私も姉も母も、父を芯《しん》から支えて来た押井さんみたいな人に対する愛憎がものすごくある。愛憎しかしそれはふるさとのようなもの。きっと私の子供も私のファンに対してそれを持つだろう。

10月18日

乗り遅れそうになってやっと青森へ。

JALの様子を見るのが日本の景気のバロメーターか？　と思うくらいの回復ぶりだった。

まあ、出版界で言いますとマガジンハウスでしょうか。

永野さんとおちあって、お店を教えてもらい、ほたて、ぶり、あじ、さんま、さめなどの刺身を山盛り食べる。うふふ。いくらも、はたはたも、銀だらも。りんごまで！

ほんとうに百万倍だった……。

10月19日

永野さんに案内をしていただき、やっと「A to Z」を見ることができた。

永野さんの淡々とした説明の深さに、彼女もまたこの展覧会をしっかりと支えてきた人なのだと感じ入った。写真を撮りながら、町を歩きながら、会場を何回も見ながら、彼女もまたどんどん成長したのだろうと思った。彼女の優しさが私たちの旅を最高のものにした。

関係者はみな誇らしげで、疲れているけれど輝いていて、弘前全体が大きな学校みたいになっていた。学園祭のときの浮かれた学校だ。

全《すべ》ての作品がすばらしかったし、よい形で展示するのにどれだけの無償の労力が費やされ、それをひっぱり支えるために作家本人がどれだけがんばったか、よく伝わってきた。

奈良くんが、自分がどれだけすごいものを描くか、ではなくて絵を描いてきた歴史の中で自分がどういう人たちとどういう時間を過ごしてきたか、どういう人を愛し、誰に恋し、何を憎んだのか、何をどういうふうに考えているか、何を言えなかったのか、何を絵にこめているのか、のほうを会場に展開することを選んだのにも感動した。

夢の中の町がそこには丸ごとあった。

みんなの無意識の世界に確かにある町なのだった。

私は思った。「こういうのがほんとの百万倍って言うんだよ!」生きるのに手抜きはいかん。これだけが、現実の百万倍だと思う。理屈は意味ない。

森先生の庭園鉄道や維新派の舞台に通じる、エネルギーが強すぎる個人の持つ、バランスの狂った大きな力が成した巨大なことを見た。

弘前は空気が透明で夜の明かりはほんとうに奈良くんの絵のように見えるし、りんご倉庫は奈良くんの家にそっくりで、創作の原点がちょっとわかった。

それから、どんなにうまい素人《しろうと》でも素人の絵と比べると、奈良くんが絵を描くということのすごさが出てしまい、何がプロということかということが露骨にわかった。うまいのだということは知っていたが、ここまでとは思わなかった。打ちのめされるほどすごかった。

原美術館でも思ったが、初期の奈良くんは考え方からして全然だめで、絵も根本のモチーフが見え隠れしているのにそこに全然届いていなくて、それなのに二十年ちょっとで今のところまで自分の内面の世界を突き詰めていった、その厳しさに大感動した。どんなに厳しい道のりだっただろう、言えなかった言葉、できなかったことなどをどういうふうに飲み込み、消化して、絵にしていったのだろう、と思った。

そしてそれをこういう形で展示する、その勇気に尊敬をおぼえた。

これが、大人の、本物の芸術祭なのだった。

お金をかけてスポンサーを集めて作家は手を汚さず作品に専念したら、もっとインテリや批評家好みの展覧会はいくらでもできるだろう。そうしないということで、彼が世界に突きつけたものも彼に突きつけられたこれからの生き方も、とても厳しいものだ。私もまた考え直さなくてはならない。

でも、ま〜、今日はただ感動していよう！　最高のものを見た、と満足し、奈良くんと永野さんとチビ含むよしもと一行で足湯に行って、カレー食ってラーメン食ってほたてを買って帰った。

そしてgrafには就職したくないなあああああと思った。た、大変そうだ。

10月20日

夜中にチビに枕《まくら》を取られて起こされ、仕方なくトイレに行ってゼリ子に抱きついたら、しっぽがふさっとしていて、体長が違っていて、鼻先も長かった。ラブちゃんだった。びっくりして「ゼリちゃん⁉」と言ったら、ゼリ子に戻った。夢でも嬉《うれ》し切なかった。

だいたい実力もない私にクムが名前をくださったのは、あの頃私がラブ子を失い落ち込んでいたからだった。私のハワイアンネームにはラブ子の名前が入っているのだった。お店でりかちゃんのきれいな顔を見ていたら、あの日、ラブ子を失って他の犬を飼おうと計画して家族の反対に合い見事に失敗した、その一部始終にりかちゃんとあやちゃんと陽子ちゃんがずっとついてきてくれたことを思い出した。当時は悲しみでなにも感じなかったけど、いっぱい優しくされたんだな。

10月21日

佐内くんと筆談対談。

写真の人はほんとうに気持ちがわかって、小説の人よりも気が楽。

いっぱい面白いことを聞いた。そしてこんなこと思っているのは自分ひとりじゃないんだな、とまた思った。どうやっても、人のために自分の気持ちをひっこめることや押さえることができない病気みたいなもの。優しさがないわけではない。ありすぎるのに。

腹が減って耐えられなくなり、イカ焼き道場にイカ焼きを食べに行く。泣くほどおいしかった。チビが「俺の車」をもらっていてうらやましい。解説もしてもらっていた。男の夢ですなあ。

そして大人になってから知り合うすてきな人たちの過去ヨーヨーチャンピオン率の異様な高さ、神様、どうかこれが私のオタク度を反映していませんように！

10月22日

原さんのライブ。死んだあきちゃんとよくいっしょに行ったので、いろいろ思い出されて泣けた。でも気合いが入っていていいライブだった。新曲たちも磨かれて歌い込まれ、どんどんよくなっている。

それにしてもスターパインズカフェの人たちはどうしてあんなによく働くのだろう。ごはんもおいしいし、親切だし、こういうところは日本にしかないな、と感動した。普通ライブハウスって脂っこいものがガツン！　と出てくるだけだし、店の人は最小限しか働かないのに。ワインはともかく、ここのごはんはブルーノートよりもおいしい。

10月23日

なにもかもが押しに押して、しかも大雨の大渋滞、歌子さんちに大遅刻。そしてそこにはなんと引っ越しが終わりきらずにやけくそになりながらも微笑《ほほえ》む菊地陽子さんの姿が。

大人になってから、引っ越しが終わりきらないで引っ越し屋さんが帰っちゃった人、初めて見た。私だったらもうすごく神経質な気持ちになっていると思う。感動したなあ。その上、捨て身でチビと思い切り遊んでくれた。ほんとうにすばらしい女性です。

歌子さんの家にはおしょうゆがない、みそもない。海外で友達の家に遊びに行ったとき出てくる食事も全て海外にいるとしか思えない。炊飯器でクスクスを作っていたし。きのおいしいごはんって感じだ。不思議だ。

ヒロチンコ「こ、ここにさりげなくあるのはジョン・レノンのサイン、ありえね〜!」

歌子さんはチビに「大きな栗《くり》の木の下で」をすばらしいピアノ演奏でひいてくれた。雨の夜に美しいピアノの音、歌子さんのなぜか懐《なつ》かしい部屋。とても切なかった。

10月24日

小田島さんや瀧さんとお仕事。長くやっているとそういう場所でしか会えないけれどとてもすばらしいそういうお姉さん（？）たちに会えるので、幸せである。みんなひとすじなわではいかない極まり方で、私が男だったら楽しいんだけれどなあ、と思う。こういう人たちに手を出して、むちゃくちゃにされたい〜。

小学校の校舎内で、市川実日子《みかこ》さんと対談、長く細くかわいかった。なんか、あんまり遠い感じのしない人だった。すぐ隣にいそうな感性というか、昔の友達みたいで、女優さんだなあと遠慮しないで話せた。「哀しい予感」すごくすごくよさそうだ。

10月25日

今日お仕事で行った駒場のスタジオ、久々に「住んでもいいな」と思える広さ、作り、立地であったが、買ったら三億円近いだろうな、と思えた。都内で家を買うの、とりあえずあきらめようと思った。これ以上狭いなら買いたくないな、と素直に思えたからだ。

一子さんのライブ。

とてもよかった。だってみんなうまい上に、面白いし、素人でも興味が持てるほんとうにいい音楽なんですもの。音楽に身をまかせるすばらしさを感じた。

あんなふうに歳《とし》を重ねていけたらいいなと思う。

10月26日

なんか足がずきずきするし、頭も痛い、角質も増え、だるいので、血糖値を測ったらむちゃくちゃ高かった。遺伝だな〜。姉はわくわくしながら「こんな高い血糖値久々に見たね！」などと言っているので、くやしいから測らせてみたら姉のほうが高い。おばかさんだ。

今日から「叶《かのう》血糖値高い姉妹」としてしみじみと地味に飲み食いして生きる決意をする。みんな私に揚げ物を持ってこないように〜。

しかし夜中に測ったら全然正常値だったので、ほっとした。ストレスと直結だな、気をつけよう。

チビが「二階に行こう！」と誘ったら、姉がけがをしている足でよしよし、と二階に上がって行ったのだが、チビのほうがちゅうちょして行こうとしない。「ほら、さわちゃんは足が痛いのに上で待ってるよ、行ってあげな！」などとみなで言っていたら、「だって、とっても暗くて手だけで、こわいんだもの」などとぐずっている。「そんなことないよ、さわちゃんがかわいそうよ」などと言いながら、階段の下まで同行したら、なんと姉が二階までの階段を真っ暗にして、片手だけを二階にある電気のスイッチにかけているのが見えた。そしてチビが電気をつけると、すご～くこわい形で片手だけがふら～と闇《やみ》から出て来てばしっと電気を消す。

そうだ、こいつは昔からこういう奴《やつ》だった！　いじめられた歴史がよみがえる。同情して損した。

10月27日

フラ。体中に力が入るのは振りがまだ全然入っていないからです。

クムがぴかぴかの笑顔であった。ハワイから帰るたびにサンディー先生を大好きになる。

帰りになるべく茶色いものを食べないで血糖値をキープしていたら、「もう茶色い仲間じゃないのね」とあっちゃんに惜しまれた。ぜひ他のことで惜しまれたいものだ。

そう、茶色いものは敵です！

決めたことをやるときの自分のまじめさというか切り替えの早さにはびっくりしま

す。

よく、男の人にも言われる。そこまで切り替えが早くなくてもって。オガワさんがわけのわからない、決して他人には判断できないタイミングでいきなり白いご飯を食べだした。みんなが「なんで今？」と言っていたが、一人っ子ふたりに囲まれて孤独に暮らしている私にはもうその「一人っ子タイミング」が痛いほどわかり「ああ、一人っ子の魂は百までも」と思った。

10月28日

結子にハワイみやげと青森みやげを持って行く。

結子「まほちゃん、今揚げ物が見えたけど、ちょっと減らしたほうがいいかも。あとビールも今体に合わないかも、ワインがいいかも」

占い手帳に「揚げ物だめ、ビールも」と書きながら、こんな切ないメモを取ったことがあろうか、と思いましたね。これまでしたどんな恋の相談よりも切なかったです。

でもいきなり体重が二キロ減り、体脂肪率も三パーセント減り、血糖値も正常である。やはりストレスだったのかも。

10月29日

ハルタさんが遊びに来たので、豚鍋《ぶたなべ》。高橋みどりさんのレシピで。完璧《かんぺき》においしかった。

ハルタさんはほんとうに子供と遊ぶのがうまい。微妙にしつけもしながら、細やかでていねいに接している。向き不向きでいったら、すごく向いている。私はほんとうに向いていない。すぐ自分のことばっかりになるし、今していたことをすぐ忘れて別の世界に行ってしまう。ごめんよ、チビ。

10月30日

幼稚園の見学。

自分がちっとも集団生活ができなかったので、ちっとも楽しくない。でもまあ、この幼稚園はいい幼稚園だと思う。興味をもたせるのがうまいし、みんな楽しそうだった。

私たち以外の見学の一組は、まさにお受験バリバリのスーツ夫婦。読み書きはできるようになるのか？　などとかなり小学校受験を意識した質問をバリバリと。いっしょにいるだけで息が苦しくなる。別に悪い人たちではなくって、私たちがリラックスしすぎというか、寝間着同然の服装。先生の話を聞いているだけで、胸が苦しくなる私。あかん、そうや、あかんかったからこんな仕事についたんやった（なぜ関西弁に？）。

夜はたづちゃんとゆみちゃんと焼肉チャンピオンへ。ものすごくセーブしつつもおいしく肉を食べる。ホルモンも食べた。いつもふたりの焼肉屋滞在時間はたいてい一時間だそうだ。しゃべりもせず、もくもくとしっかりと食べているそうだ。

トイレに行く途中の人がいきなりすかーんと倒れたのでびっくりした。このあいだミツエさんがそんなふうに倒れて救急車に乗った話を聞いたばかりだった。しかしおそろしいことに近くにいた他人の男がすぐにがばっと助け起こしていた。そんなことして死んだらどうするんだろう。たまたま復活していたから貧血だろうけれど。人って、いつどうなるかわからない。知らない人の無知に殺されるかもしれないんだな。

10月31日

チビが歌う間違った歌。

「俺のおまわりさん、困ってしまってワンワンワワン」

ヒロチンコ「それは絶対婦人警官じゃないね」

二丁目の香りがします。

あと、このあいだイリュージョンを見てから、毎日のように、「スリー、ツー、ワン！　よ～く見てください」と言って、隠している手を取るのだが、そこでは特に何も起きていない。

11月1日

新しく来るりさっぴの歓迎会。加藤さんへのねぎらいの気持ちもこめての会。久々に春秋へ行く。

あいかわらず味が落ちていなくてほっとした。みなさんのものすごい努力で店がキープされているのがよくわかる。バブルの頃には他にもでかいふかひれとか上海カニの店がいろいろあって、違いがわからなかったな。今はここだけの良さは味付けだけではなく、メニューの組み方にもあるとよくわかる。大人になって味覚も学んだようだ。

今日の名言英子さん「りさっぴが一言多いのは、エクアドル育ちだからだと思っていたら、生年月日のせいだったのか～」

私がりさっぴの誕生日を誕生日占いの本で見たら「まじめですばらしい人ですがなにごとも一言自分の意見を言わずにはおれません」と書いてあったよ、と言ったときのことであった。

なんだかわからないが、親友のその言葉って、シュールでおかしかった。

11月2日

とにかく街中が混んでいて、朝からの予定がどんどん押してまたまた遅刻する。信じられないくらい道が混んでいる。タクシーの運転手さんがどんどんいばりはじめる。不動産屋さんがどんどんなんでもかんでも売り始める。ああ、景気が回復している。肌で感じる。ここでなにを選択するかが日本人の品格を保つ最後のチャンスだな。

それで、渡辺くんをうんと待たせてしまったが、渡辺くんは優しかったので、ありがたかった。

中島さんの展覧会は、ものすごく盛況でめまいがするほどだった。中島さんの作品を大きく見ることができる機会がなかなかないので、嬉《うれ》しかった。心の中をみんな見せてくれているのに恥ずかしくも変でもなく、なにかキュートでもちろんかっこいい。アラがないのに、いやらしくない。センスがいいのに気取っていない。などなど、いいところをいっぱい感じた。

子供さんたちの顔がほんとうにきれいでかわいくて、彼はパパとしても最高だ。

高橋先輩がいかにも「人がいっぱいいるのが苦手です」という感じでうろうろしていたので、手をつないで歩いたら恥ずかしがられた。しかもヒロチンコさんに「まほこの手を借りてごめんね」とあやまっていた。すてきな天才の手は乾いていてあたたかかった。

11月3日

岩盤浴へ行って、しんまであたたまる。あたたまりすぎてぐうぐう寝てしまった。

夜はヒロチンコさんとごはんを食べて、書店に行ったら、「ベリーショーツ」が売られていた。祖父江さんがものすごく凝ったつくりにしていて、見えないところにいろんな人が隠れていたり、本をこわさないと見えないキャラまでいる。あのすごいイラスト（すごいとしかいえないすごさなのだ）をここまで生かした造本があるだろうか！

いろんな写真が入っているというので、そこにあった見本を見てみたら、ものすごくブスに写っているタマちゃんだった。ちなみにこの本の写真を撮ったのは、ヒロチンコさんである。

11月5日

森先生のお誘いで、蒸気機関車に乗りに行く。

名倉さんがものすごい量の駄菓子を買ってきて、しかも「かにぱん」よりも「源氏パイ」が有名なのにものすごい衝撃を受けていたのがおかしかった。

チビはゲロを吐いていたが、着いてからは元気そうだった。「トーマスだ！」と言っていたから、おおむねちゃんとつかんでいる感じ。機関車のあとは楽しそうに成田ゆめ牧場で遊び、ヤギにほほをすりよせていた。

汚れてもいい服装でもかわいいチカさんとホビージャパンの美しい鈴木さんは狂ったようにお互いのおバカ写真を撮りあっていた。オタクの魂は機関車を前にしても変わることはなかった！

羅須地人鉄道協会の人たちはほんとうに蒸気機関車を愛しているということがよくわかった。安全に常に気を配り、楽しんでもらおうということをちゃんと考えていて、さらに自分たちも楽しんでいた。完璧にお客さんとして行って、片付けも手伝わずに、お昼までごちそうになってしまったけれど、きっと始めから最後まで毎週のように参加していないと、ほんとうには良さも大変さもわからないことなんだろうな、とも思った。すばらしいチーム力だった。去年ビッグサイトに彼らが機関車を運んで来ているのを見て、衝撃を受けた。そんな手間はかなりの愛と自分たちも楽しめるという何かがないととてもかけられない。

私もチビも一生、成田の青空の下で蒸気機関車に乗ったことを忘れないと思う。

森先生が運転しているところは、自然にさまになっていて、ちょっと感動した。

今日一番くだらなかったが実に知的な会話。

森先生「嫌いなものはなんですか？」

チカさん「やわらかいごはんです！」

森先生「それは好き嫌いというよりも、不満を表しているということですよね」

なんでこんなすごいこととっさに言えるんでしょうか。

生まれながらの先生、森先生。

チカさん（きっぱり）「いいえ、違うんです。やわらかいごはんがきらいなんです」

この答えもまた作風のままです。

11月6日

チビはエマちゃんのおっぱいを触り「どうしておっぱい触るの？」と聞かれると、きっぱり「子供だから」と言う。
前田くんに「子供のうちにそれを言えるのはすごい才能だよ」とほめられていた。

11月7日

陽子さんがタマちゃんをなでていたら、タマちゃんがなんの脈絡もなくへにょっと立ち上がって陽子さんをたたいたのでびっくりした。そのあとふらふらと歩いて来て、急に柱にがしっと抱きついていた。全然わからない。こんなわからない生き物を飼ったことはないかもしれない。
うちはみんな名前を思わず呼び間違えて、チビのことをビーちゃんと言ってしまったり、オハナちゃんにゼリちゃんと言ってしまったり、いろいろだがなぜかタマちゃんのことは呼び間違えないね、とみなの意見が一致した。タマちゃんはタマちゃんという生き物だからね、という結論も出た。

11月8日

取材を受ける。

同じことを同じようにしゃべることがなかなかできないので、何本もまとめて受けるとまるで嘘《うそ》つきさんみたいになるのでおかしい。

しかもできあがったものを見ると、なんともいえない別人格な感じ。そりゃそうだ、取材した人が見た私だ。

今はもう絶版だが、渋谷社長から見た私が甘えん坊だから、渋谷社長のインタビューした本の中の私は末っ子っぽい。面白い。

嫌われてもいいから肉声を伝えたくて始めた日記だが、人々にとってオールナイトニッポンのようなものであるといいと思う。淋しい時間にいつもやってて、続いてて。

11月9日

床につまさきをついていたら、チビが突然襲いかかって来てねんざする。

最近は三歳児の動きの激しさのせいで、毎日まるでハスキーを飼っていた頃のようなスリルがある。

夜、ゲリーが来日中なので、足をひきずりながらたどりつく。みんなでバカ話をしておかしかった。えりちゃんもやせて美人さんだった。大野さんも変わらずかわいらしかった。顔を見たらほっとした。みんなスピリチュアルなことを職業にしているのだが、そういう人たちもピンキリで、ちゃんとした人たちは絶対に現実から離れない。毎日を楽しみ、家族を愛し、仕事をし、おいしく食べて、肉体を大事にしていて、先のことをあまりわずらわない。ゲリーなんて体調が悪くて死にそうだったのに、回復してまた笑顔になっている。波動とか過去世なんてどうでもいい。今の仲間たちが今集い、お互いを大好き、それでいいと思う。

あと、私が「アムリタ」を書いたときに「行き過ぎだ」とか言ってた奴《やつ》らの中で、もし今「オーラが見える」とか言ってる奴がいたらめっちゃ腹立つ。

11月10日

ダライラマさまの講演会。

常に仏教徒の立場から真実を語ってくださるので、そしてその言い方の中にこそほんとうにありがたい教えがリアルに入っているので、面白い。

ほんとうの高僧の話を生で聞くというのが、歴史的にも宗教的にもどういう状況かわかってるのだろうか？　というくらいくだらない質問を連発する日本人たち。バサバサ斬りまくるラマさまと木内みどりさん。ううむ。

たかのてるこちゃんとお茶。

はじめから寝ようとしていない人は起きていたい気持ちのまま寝る、そういうわけでてるちゃんの隣の人がメモを取りながらいきなり居眠りして歌舞伎《かぶき》のようにぐるぐる回ってたという話を大きなアクションでしてくれたのでげらげら笑った。てるちゃんの原作ドラマ化の話など、うんと楽しみ！

夜までに治るかな、と思ったけれど足の裏をつくと激痛が走るので、やむなくフラは見学。見学していて、もしかしてこのクラスはいいんじゃないかな、と思った。他のハラウみたいにきちっと非のうちどころのない踊りを完璧《かんぺき》な笑顔で踊るというのとは違うけれど、個性とか自分の考え方が伝わってくるし、なによりも外に見せるためだけではなくて仲間のために踊っているという感じがする。

このまま発展していくと「本気を出したらすごいよ、でも仲間のためにしか本気は出せない、評判のためではない」というふうになっていくのではないだろうか。時間がかかっても。仲間のために踊り、それを神様に見てもらう、それってほんとうにハワイの心なのではないだろうか。

11月11日

じょじょに足が治ってきたと思ったら、今度はチビがぜんそくで徹夜&夜明けに寝て寝坊。

しかし最近チビはちゃんと食べているので、いつもみたいに吐いたりへにょへにょにならない。お菓子ばっかり食べていると青白くなってくるが、ごはんを食べていると体の重さもずっしりして、肌の感じも変わってくる。ためになるなあ。やはり食事の内容は大切である。

そういう私もやっと胃が小さくなってきたらしく、三キロ減をキープ。体脂肪率も五パーセント減をキープ。よいすべりだしだ。

今日の、チビが歌う間違った歌「♪君でも見えるウルトラの星」

なんだか、ちっともありがたくない星なばかりか、小馬鹿《こばか》にされているような気分が。

11月13日

「ひとかげ」打ち上げ。

ものすごくおいしいもつ鍋屋《なべや》さんで。いいなあ幻冬舎、こんな店が近くにあって。

幻冬舎でたくさん本を出して、いつもあそこで打ち上げしよう（ほんとか？　俺！）。

鈴木成一さんはいつ会っても変わらずこつこつと飲んでいる。それがもう装丁をするのと同じくらいのこつこつぶり。本人は一定のペースのまま、気負いなく、妥協せず、気づいたらたくさんできている、みたいな感じだ。作品には人柄が出ますね～（笑）。

みんなものすごくチビと遊んでくれたので、ありがたかった。

11月14日

チビの風邪がうつり、のどずきずき、頭がんがん。

しかしこの風邪の状態でおととい、あんなに笑ったりしゃべったりしてたのか？と子供というもののエネルギーに愕然《がくぜん》。

野口先生の名著「風邪の効用」をしみじみと読みながら、寝たり起きたりする。あと森先生のおっしゃっていた「風邪のときは食べない方が速く治る」もやってみるが、確かにいい感じがする。ダイエットにもなり、一石二鳥だ。

晩ご飯は作る気になれず、おかゆとしゃけとおひたしだけで、チビがぶうぶう文句を言った。

新作を読んだのでなりゆきで「コレラの時代の愛」を読んでいるが、ガルシア・マルケスの女性観が相変わらずというか終始一貫してむちゃくちゃだ。でも、ほんとうに正直にしかもうまく描くと男ってまさに多かれ少なかれこうかも。

11月15日

幼稚園の面接。

今日もものすご～く浮いている私たち。最後にチビがやっとぺらぺらしゃべりだしたときに「今ごろエンジンかかってもおそいんだよ～」とどつくまねをしているところを見てしまった校長先生の驚愕の表情も目に焼き付いている。だめもとという言葉が頭の中で鳴り響きます。チビは楽しかったようで、幼稚園また行きたい、と言っている。ま～、もし行けたらな！

ミホさんの展覧会最終日にちょっと顔を出して、変わらぬなんとなく狂ったお嬢様みたいなすばらしい作品を見て、雨が降って来たので夕ヒチに行ってちょっとごはんを食べた。業界人でいっぱいのお店だが、あいかわらずあたたかい感じだった。

11月16日

忙しくて半泣きでも行きたくて行った大橋歩さんの展覧会、すばらしかった。

私の知っている大橋さんは大橋さんの巨大な世界のほんのひとかけらなんだ、と思った。なんてすばらしいセンスだろう、なんて色彩感覚が優れているんだろう。私の心のがっくりとしぼんでいるところにきれいな水が入ってきたようだった。

そして自分が生きてきた時代の良いところをいっぺんに思い出した。

夜は実家でお鍋。ハルタさんも呼んだので家族が喜んだ。父はハルタさんがそうとう大好きなのだ。

その後、低血糖で意識を失いかけている父をマッサージしたり、いろいろ親孝行。

そしてあわててブドウ糖とうどんを食べさせすぎたら血糖値が戻りすぎていた。うぅむ。二型糖尿一家の生きる道は厳しい。

もしも夜中にあの低血糖が来て、寝たままだったら、きっと死んでしまうのだろう。覚悟はしておかなくてはいけないけれど、あるところからは天にまかせる心も必要なのがこれもまた人生だ。

11月17日

今日フラに行ったらストレッチのときにクムが私に乗ってきてがしがしとマッサージしてくださった。そうしたらねんざしているところの最後にずきずきもやもやしていた部分が治った。その出来事のショックのあまりなのか、フラの神の力なのか……

ありがたいことであった。いずれにしてもフラ菌が繁殖して来週にはもうインストラクターになってる予定（よくこんなでっかいホラがふけるな……）。

11月18日

自分が出ているからと佐内くんのサイトを見たら、彼の手書き（なんでも手書きでやるサイトらしい）日記もアップされていたので、読んだらすばらしかった。どうしたらあんな文章が書けるんだろうか。彼は文才も絶対にあるが、多分小説は書けないだろうと思う。散漫になるだろうし。素人《しろうと》がふっと書いて異様にいい、ということがよくあるが、彼の場合、素人ではなく完全に意識的。つまりは詩人だ。こういう意外なところにおそろしいライバルがいる。身がひきしまる思いだった。

孔雀《くじゃく》茶屋の会に行って、久しぶりのみなさん、増えている赤ちゃんなどと楽しく過ごす。店長はもうこの世にいないのに、いつものようにそこにいるみたいだった。

このあいだタクシーに乗ったら、後ろ姿も顔も声もちょっと店長に似ている運転手さんで、しゃべるたびに店長に会いたくて涙が止まらなくなり、鼻声でタクシーを降りた。

親以外の大人にあんなにも愛されたことはない。下心ゼロで、死ぬまで全身で守ってくれた人だった。

歳《とし》を取ると涙もろくなり、ゴールデンをなで回していても同じ現象が起こります。なでていると喜んでくれるけれど、飼い主をちらちら見ていて、ああ、この子は私のゴールデンではないのね、と思う。

11月20日

チビが風邪で吐きまくる。これでもかというくらい、新幹線の中でも三回吐いた。気の毒な隣の席の人、それはホストくんと帽子で正装のおばあさん。いっしょに京都に行くのに言葉も交わさずに。それはセクシーな予感ではなくて、淋しさの沈黙であった。悲しいなあ、大変なお仕事だなあ。

やっと吐くのがおさまったので大神《おおみわ》神社にお参りをする。

雨上がりの木の匂《にお》いがたちこめていて、すばらしい。信仰があってよかったと思わない日はない私の人生である。

帰りはイナグマさんちで奥様のおいしいお料理をいただき、懐《なつ》かしいみんなに会って、にこにこしゃべった。私はイナグマさんが大好きだ。ご家族もみんな好きだ。親《しん》戚《せき》のように思う。

元ラブホテルだったような記憶があるが、今はちょっとがんばっているいい人ばっかりのホテルアラマンダで、ごきげんなチビとお風呂《ふろ》に入って楽しく眠った。

晩ご飯のとき、チビがイナグマさんの奥さんになにか一生懸命話しかけていたのでなにごとかと思って聞いていたら「青森に行ったんですよ」と言って、りんごを催促していた。

11月21日

ヒロココの家で美人の赤ちゃんを堪能する。抱っこしたらふわっと柔らかくて軽かった。女の子だなあ、と思った。

みどりお母さんにお好み焼きを作ってもらい、みんなで楽しく食べる。チビは赤ちゃんが好きでしかたなくてなにかと触っていた。

帰りにちょっと時間があったので京都に寄り、くらま温泉にまゆみちゃんを呼び出したらなんとたまたま時間があって、飛んで来てくれた。風呂で裸で出会う私たち、まだちょっとだけだったが紅葉もきれいだった。

突然にきれいな自然の中で懐かしい人といっしょにお風呂に入っていたら、なんだか夢みたいな感じがした。

関西で起きたいろいろなこと、愛した人々、今は会えない人、亡《な》くなった愛する人たちのことなどがよみがえってきて、今すぐ泣けるような気持ちになった。でも私にはチビがいる。いっしょに帰る陽子さんやヒロチンコさんがいる。ヒロココにもチビがいる。まゆみちゃんにはチビはまだいないけれど、いっそうべっぴんさんだったし、犬のおもちさんも元気だった。イナグマさんちの子たちもすくすく育っている。みんなよかった！

11月22日

この二十年（妊娠中以外）一日も欠かしたことのない酒、それをほとんどやめているが、ものすごく快適。全くアル中じゃない自分に驚く。

酒について論文が書けそうなくらいに酒のこわさがわかった。やめてはじめてわかるものである。あのじわじわくる感じ。

私はお嬢さん飲みをしていたわけでなく、心身両面でおそろしい目にいっぱいあって何回も酒での死のふちから帰って来たし、元彼氏も酒で片目を失った人だったが、今度の減酒は我ながら本格的だなと思う。だって体調がいいんだもの。

ここぺりで爆眠。

だって、疲れていたのですもの。チビは陽子さんと赤ちゃん人形で遊びまだまだ冷めない赤ちゃん熱を満たしていた。そして関さんにおもちを三個も焼かせていた。うまいマッサージにはものすごい効用があると思う。あんなふうに静かな眠りに入ることって、日常ではありえない！

体調よく帰宅してヒロチンコさんとチビと仲良くほっこりとお茶しにいった。

N・（NTTかな？　うふふ〜）の集金の人、問い合わせセンターの人、後から電話してきた人みんなとけんかしていや〜な気持ちになる。だってとにかくいばっているんですもの。「お客様のしていることは犯罪です」とまで言われた。引っ越ししばらくはアンテナがつながらず衛星放送は1年くらいろくに見ていないのに。10月はハワイにいたって言ってるのに。今は11月末なのに、今電話が通じてしまったのだから10月分から払えって言う。もし12月に通じたら12月からでよかったけれど、今話してるのは11月だからだめだとわけのわからないことを言う。その言い方がまた最低。電話をかけなおしますと言ったら、かけなおしてもらっても出られるかどうかわからない、などと言う。振り込むという保証がなかったら振り込み用紙は置いて行けないとか言う。ものすごく意地悪い。実際かけなおしても出なかった。

「じゃあもうこんな態度に接するのがいやだからTVを捨てます」とまで言ったら、

「それはお客様の勝手ですが、それでも料金はいただきます」と言われた。そしてなんと電話をたたき切られた！

ああ、腹立つ。あんなことだから、みんな払わないんだと思う。払う気がなかったわけでもなく、あの態度が許せない。

もう一生あいつらに接したくないから、さっさとネットで手続きして、きっちりと12月から契約してやった。シールが送られてきたらでっかく張って決してもうあの高慢なシステムに接しないようにしたいものだ。

ほんとうに払ってほしかったら、貯蔵している映像の真の貴重さを説け！

そして日割りとかのサービスを考えろ！

ＴＶを買ったと同時に少額でも支払うような形態を模索しろ！

少なくともいばるな！

いばっていやみを言ってねばっても、人のさいふのひもはゆるまない。それはさいふの問題だけではなく、意地悪な態度の前にはまず互いが心を閉じてしまうからだ。

11月23日
久しぶりに前の家の大家さんに会いに行ったら、泣いて喜んでくれた。

そのあと焼肉屋さんに行ったら、みんなチビをかわいがってくれた。前の家にはわりと悲しくつらい思い出が多かったんだけれど、やっぱりチビも私も愛されてここにいたんだなあ、としみじみ思った。愛のない場所にはチビをいかせたくない、大人になったら自分で行かざるをえないだろうから、せめてチビのうちは、そう思う。

11月24日

えりちゃんとお茶していろいろしゃべる。興味深かった。私の心はなんだかんだ言って主にチビのことばっかりで、自分も親だな、としみじみした。

フラ。いつもいない人たちがいっぱいいて、親切に踊りを教えてくれた。インストラクターのきれいなママも横でステップを言ってくれた。それでなんとか乗り切ったが、筋肉がきしむような踊りで、みんな「酸欠だ～」と言っていてすごかった。そして私はなんとなく思った。クムフラサンディー先生のすばらしい歌に合わせて踊ることが幸せなのであって、ハワイの伝統を学びたいというわけではないのだな、私は、と。なので他のハラウで学ぶことは生涯ありえないのだな～。

ハワイそのものとは今もラブラブ状態、お互いに会えば嬉《うれ》しい、一時期のイタリアのような私たち（?）だ。いつか住みたいと思う。住んで、友達を日本から呼んで、まとめて会おう。

　帰りにあっちゃんのお誕生会をしに不思議な韓国料理屋に行ったら、みんなで旅行してるみたいで、あっちゃんはにこにこしていてとっても美人さんで、幸せだった。

11月25日

　超能力強化月間なのか？　今日は結子とお茶をする。

　またしてもつい子供の話。子供とか前世の子供とか、いろんな興味深い話をした。とにかく今の子供は大変だな、と思う。こんな世間じゃ「家でゲームしてた方が安全」とかなって鬱屈《うっくつ》するよな。私が小さいときは今頃裏山の崖《がけ》を上っていたもんなあ。あと廃墟《はいきょ》の探索とか。ほんとうに東京の子？

　夜、身近な人からのものすごい誤解があって悲しい気持ちになるが、ふと「まてよ、自分はどうなんだ?」と思ったら、自分のスタンスに自信があるから気にならないな、と思い意外に揺れなかった。なるほど筋肉がつくようにこうして感情的に強くなっているのか、と年齢に感謝した。

11月26日

時間がたまたまそろい、急きょ父の誕生会。

わざわざ運動して血糖値を90に押さえ（っていうか、これが普通）、しっかりとコロッケを食べる。とてもおいしかった。父も喜んでいた。

父の「生涯現役」という本の中の医療に対する考え方、老人に接するときのあり方に関する文章はすばらしく、参考になった。

そうだよな～、と特に思ったのは、ふれあいセンターみたいなところで「変な若い人」（この『変な』が全《すべ》ての問題点をずばり言い表している気がする）がお年寄りを前に話をして生涯学習とか呼ぶよりも、お年寄りにこれまでしてきた仕事や家事のノウハウを若い人向けに話してもらった方が、多少ぼけていようが話がつながらなかろうが、互いのためによほどいいのではないか、ああいうときお年寄りは熱心な振りをして踊ったりおゆうぎしたりメモを取ったりしてくれているけれど、内心「ばかにするな」とか「冗談じゃないよ」と思っているのではないか、という部分だ。

あと性に関しても、なんとなく自分が歳を取ったらこうなんじゃないかなあ、と思うところをびしっと書いていて、身内だからではなく感動した。

チビが「ハッピバースデーディアじーじ〜」と歌ってあげていたが、去年はまだ2歳で歌えなかったので、ああ、ここまで父が生きていてほんとうによかったと思った。

11月27日

チビの頭の中は「ぼくはくま」でいっぱいだ。確かに名曲だと思う。

あのおじょうさんの声が少し哀しいところって、お母さん譲り。

そしてチビは「宇多田ヒカルちゃんに会いたい」としきりに言っているが、いきなりそこに結びつくところがやっぱり野郎だ！ と思った。順当に考えれば「くまに会いたい」となるべきだろう？ まだしょこたんのほうが若干可能性が高いよ、とアドバイスをする母であった。

11月28日

「ベリーショーツ」のサイン本を作りに書店を巡業する。

池袋リブロとっても懐かしかった。どうしても好きにはなれなかったけれど青春の街であります。パルコもすみずみまで行ったなあ。

私がサインをしたあと、ゆーないとさんがいろいろな絵を描きおろしている合作のたいへんレアなサイン本である。画伯がベレー帽をかぶっているところがとても大切であった。しかし食あたりのあとでなんとなく手が黄色い彼女、その事実がとってもこわかった。

有名なほぼ日のマメな更新風景を生で見て感激した。

11月29日

英会話。また遅刻してしまった。時間をちゃんと読んでいるつもりなのに、どうしてだか三茶で十分間道に迷う魔のゾーンがある。このあいだタクシーに乗ったら運転手さんも「どうもこの道に入ると方向感覚がおかしくなる」と言っていたので、もうそこを通らないようにしようと思う。三回も遅刻しておいて今気づくのもどうかと思うが。

マギさんと一生懸命しゃべっていたら、いつのまにかものすごく流暢《りゅうちょう》じゃん、自分！と思ったらところどころ日本語でしゃべっていた。意味なし！でも、普通の旅行会話もきっちりと教わっているので、四千五百円じゃ安いと思う。

三茶に冬が来る感じが個人的には大好きだ。なぜか中目黒や下北に来る冬よりも下町っぽく懐かしい気がする。

11月30日

「アルゼンチンババア」試写。

遅刻して、飛行機に遅刻して来た人そっくりの状況になる。恥ずかしかった〜。

映画はすばらしかった。今まで自分の原作が映画になったなかでいちばんいいと思うし、長尾監督のこれまでの作品の中でもいちばんいいと思う。

私はあんな心あたたまる話を書いたつもりは全くなくって、気が狂ってる人の寄せ集めみたいなものを描いたのだが、そこが監督の優しい心によって人に見せられるものすごくいい映画になっていた。

あ、崩れそうだな、とか、だれそうだな、と思うところは映像と美術と人物の力によってぐっともちこたえられていた。

ぞっとしたのは、私と監督は会ったことがほとんどないのに、私の変な動きのくせとか、重いものを持つときがいちばんみじめになるという不思議な特徴など、小説を読んだだけでは決してわからない部分を描いていたことだ。監督は深く読み込んでいつのまにか生理的に理解したんだな、と思った。

鈴木京香さんと役所広司さんはうますぎだ。あんなかっこいいパパならもう失踪してもなにしても許す。京香さんのババアは奇妙にあたたかく、背景に美しくとけ込んでいた。堀北さんもがんばっていた。意地っ張りな感じがあれだけ出せるなんてすばらしい。とてもかわいくけなげであった。

京香さんバージョンのババアがあのすてきなビルの屋上で踊っているだけで、もう私は幸せだったし、ぐっときた。これは京香さんの映画だな、と思えた。作中いつも変な服を着ているのにとてもセクシーであった。

帰りにいらっしゃった森下愛子さんの愛くるしさにもびっくりした。役者さんはすごい輝きだな、やっぱり。

最後に字幕が出るとき、奈良くんのすばらしい絵のあとに、私の古い友達の名前が製作に協力したということでふたり出てきた。青春を共に過ごした仲間とこんなふうに関われるとはあの頃には思ってもみなかった。それもぐっときた。ふたりは全然違うやり方ではあるが、この映画を友情で陰から支えてくれた。井沢くん、武内くんほんとうにありがとう。

12月2日

来日中のとしちゃんが深夜に下北に来たので、子連れで夜中の一時に近所のカフェ兼飲み屋に行く。黒いシャツの胸があいてるところがスペイン人だった！ 忙しそうだが今回は二回会えたので、嬉しかった。ほんとうに親しい人はみな忙しいか海外に住んでいる、この切ない人生。

チビの好きなお姉さんが店を閉めにやってきたら、チビはがぜん元気になってカウンターに一人座ってお姉さんをくどきにかかりだした。やるなあ、小さいのになあ。

12月3日

歌子さんの生徒さんの発表会に行く。

あの、一見目立ちたがりそうな歌子さんが、決して自分を出さず、生徒の音をフォローして生徒の演奏を輝かせるためだけに存在していた。しかしそれでも一音出しただけで才能がギンギンのビンビンに伝わってきて、こんなにもピアノの音はその人自身なのか、と思った。決して柔らかくなく強く弾くのだけれど、びりびりするような愛と優しさのニュアンスがある音だった。味とか歴史でごまかさず、一日もピアノを弾くことをなまけていない人の音だ。

人に教えることの奥深さをかいま見た思いだった。これまでのいつよりも彼女に対する尊敬を感じた。

男の人が歌子さんにいてほしいと思い、手放さない理由の一端をまたも見た。奥深い……。

12月4日

ロルフィングを受けて、年を無事に越そうと思う。実際不調がかなり調整された。いつまでたってもその真髄がつかめない、ロルフィングは奥深い。いちばん似ているのは野口整体だと思う。ひとりの人が、人間をとことん観察して作り上げた体系だ。肩と首の関係が変わっていてヒロチンコ先生に驚かれる。私は絶対に気功体操と運動とフラのせいだと思うのだが、ヒロチンコ先生は太極拳《たいきょくけん》じゃないかな～、と言う。ううむ、いろいろやりすぎていてわからないというのもなんだが、いずれにしてもよくなっているからいいか、と納得し合う。

炭水化物を減らしたら、いきなり生のタマネギが好きになった。今までいちばん嫌いだったものだ。人体は神秘だ。

12月5日

チビが離れたところからわざわざやってきて「うんち出てないよ」と言ったら、それは出たということだ。その手間はなんなんだ。

夜、ほぼ日主催のタムくんのライブに行く。変わらず王子様で自分のペースを持っている優しいタムくん、忙しそうだった。「歌手」のところでぐっときて泣けた。まほちゃんもいたし、飴屋《あめや》さんたちと赤ちゃんもいたし、あかねちゃんもいたし、うめかよもいたし、ゆーないとさんも糸井さんもいて同窓会みたいだった。赤ちゃんは柔らかくて小さくて女の子がうらやましいなあと思った。なんか強くておっとりしててかわいくてタマちゃんみたいな赤ちゃんだ。

タムくんにみんなの絵を描いてもらったら、みんなそっくりでおかしかった。人生のいろいろなところで出会った人たちが一堂に会するとなんか不思議な感じがする。祭り？

12月6日

今日も今日とてインタビューと撮影でタイラさんとロケットマンさんのお店へ。一年たったらお店がこなれていて、とってもいい感じだった。商店街で撮影をしてウコンとかイカキムチとかいっぱい買った。タイラさんの作るごはんは家で食べるごはんみたいでものすごくおいしかった。みんなタイラさんの器で出てくる。ものすごくぜいたくなような、あふれる幸せという感じだった。

吉田さんにいただいた酵素を飲んだら、頭がすかっとしたのでびっくりした。

健康の世界は深いなあ！

謎《なぞ》の動物が描いてあるTシャツを見て私が「犬？　クマ？」と言っていたら、新しく入ったりさっぴが横でとっても小さい声で「しーさー？」と言った。そういう感じが私の新作「チエちゃんと私」のチエちゃんにとっても似ているりさっぴであった。てきぱきと街を行く加藤さんの美人さも、もうすぐ辞めちゃうので今のうちに目に焼き付けなくてはならず心淋しく忙しい。

傑作な前田くんと別れることに至っては考えたくないくらい淋しいから、ぜひ出版社に入ってまたいっしょに働きたいな、受かれよ！

12月7日

久しぶりに書店に行く用事だけの幸せな日。

幸せな日があるとこわくなるのはストレスが高すぎるからだ。いかん！　と思い、ヨグマタ相川圭子さんの本を読んだら落ち着いた。日本にもこんなすごい人がいるんだなあ。野口先生の本も買った。チビと血糖値のためにもしばし引退ライフをしよう。

人間らしさをとりもどさなくちゃ。

「グレート・ギャッツビー」の新訳、好きでないという人もいるのかもしれないが、私はものすごく好きだった。あの小説を前の訳（もちろん名訳で、明るい霧にかすんだような感じはこっちのほうがよく出ていたと思う）で読んで「ここはもう少しこうかな？」と思ったところがかゆいところに手が届く感じでうまく訳されていた。この訳だとデイジーのだんなさんの描写がものすごくはっきり見える。今でいう青年実業家の意外に骨のある部分みたいなところがふっと出てくるときの感じ。あと読んだ人がきちんとデイジーに失望しているのに、ギャッツビーはまだ夢にしがみつく、そのギャップが妙によりリアルに伝わってきた。

あの小説はつまり「まともな目を持った僕から見て、ギャッツビーくんは確かに問題もあるがすばらしい魅力と才能がある、あの女はそんな君が思い入れるほどのすごい女じゃないんだけど、好きなんてのを超えて思い入れてるからどうしようもないよね、さらにその欠落を含めて君なんだから、僕は見てるしかないよね、でも胸は痛いな」というのをものすごくすばらしく描いただけのものなのだが、一個のずれでなにかがカルマ的に崩れて行く様子をどうしたらこんなに絶妙に描けるのか？　というくらいに繊細に描きこんである。散漫なようで全然抜けがない不思議な小説なのだった。

なんというのかな、夢というものが本質の底の底から、現実に破れる瞬間というのかなあ。それをあんなふうに描くには鼻血が出るほど夢を見た人でないと。なによりもすばらしいのは春樹さんがこの小説をしんから愛していることだろう。

12月8日

大田垣さんがヒロチンコさんのところに取材に来たらしい。どんな顔で描かれるか楽しみ〜。

夜、冬にそなえて薬膳鍋《やくぜんなべ》を食べようともくろんだらなんと満席！　人々の考えることはみな同じだ。そこで美人ばかりが働く「棗《なつめ》」に行ってしみじみとおいしいものをいただく。あのお店は、ちょうど私たちの世代が初めて知ったおいしいものを集めた感じのメニューの組み方だ。

野口晴哉先生の「女である時期」、昔読んだときはものすごい差別だと思い腹が立って読めなかった。だから読むのがこわくてやっと手をつけたけれど、今読んだらものすごく的を射ていることがわかり、謎だったことがいろいろ解けた。勉強は続けてみるものだ。

12月9日

合コン！

と言っても、ふるまやくんと次郎くんとヌッくんとシッターさんのいっちゃんとフラのじゅんちゃんと飲んだだけだ……。

歌えるスナックに行った後は、なぜかヌッくん行きつけのかわいい未亡人の店に行った。店を出たら5時半で、しみじみと歩いて帰った。

ふるまやくんがジャニーズを歌いまくり騒ぎまくる若者を見て「この世代は映画も観《み》ない、本も読まない、音楽もそういう意味では聴かない。いったいこういう人たちに観てもらうにはどういう映画を撮ったらいいんでしょうね……」としみじみ言いながらオザケンを歌っていて、ああ、まさにこの（私よりもちょっとだけ下の）世代だわ！　と思った。うるさくて語り合えなかったので、次の店でひとり自分なりに答えを考えてみたりした。でも、企業秘密さ。

12月11日

アレちゃんといっしょにイタリアのエマちゃんのおうちに行って、赤ちゃんとチビを遊ばせたり、しゃべったり、キューバの話を聞いたりして過ごした。イタリア人は生まれたときからイタリア人だ！　赤ちゃんなのに踊りが違う！　腰がはいってる！と感動した。

リビングを不用意に横切るとそこんちの超美猫が走って来ておそろしい勢いでぶたれるので、サファリパークごっこもできた。おもちゃがいっぱいだしイタリア美人赤ちゃんに抱きつかれたり、キスもしたしで、チビも大喜び。

そのあとは高橋先輩とミカちゃんといっしょにお茶とカレーをして、辛さで頭がぐるぐるしたのでうちでまったりチャイを飲んだ。先輩がデジカメでさっと撮った写真を観ると、我が家が夢の楽園のようなすばらしい写り方をしていて衝撃だった。写真っていったいなんだろう。なんで機材関係なくその人の作品になってしまうのだろう？

12月12日

チカさんとWヨウコとチビで温泉へ。

チビがいるのでゆめやさんの離れに行く。この家に住みたいと思うような快適な造りだけれど、維持するのは大変だよなあ、とありがたく思う。

エビとカニがついている奮発コースにして大正解、エビもカニも甘くて夢みたいな味がした。また新潟だからお米がおいしい。この澄んだきりっとした空気の中でないとこんなにはおいしくないという食べ物ばっかりだった。幸せ。

チビは私とかチカさんとか陽子ちゃんがはだかになっても普通なのに、超美人の洋子ちゃんが服をぬぎだしたら「はずかし～」と言い出し、みんなの機嫌を悪くさせた。

そして寝る時には「陽子ちゃんと寝る」と抱きついて寝ていたくせに朝の四時に「少しさびしくなった～」と言いながら私のふとんに入ってきてど真ん中で寝だした。やりたい放題だ。

漫画家と編集者は風呂《ふろ》トライアスロンと言って、最後四時半まで風呂に入っていたので驚いた。さすが徹夜の国の人たちだ……。

そ、そしてチカさんがさらりとチビに描いてあげ、私がひそかに盗んで高額で売り飛ばそうともくろんでいたウミノグマ（こういう名称なのか？）を宿の人が捨ててしまったのでいろいろな意味できゃあ！　と思った。

12月13日

昔、十五年くらい前に三島の桜家《さくらや》にひとりだけえらくべっぴんさんがいて、よく覚えていたのだが、耳を出してベージュのパジャマを着ている洋子さんを見たら、知っている人な気がしてきて、そしてなんと彼女こそがその桜家にたったひとりの美人さんだった。人生はいつだれに再会するかわからないものだ。あの美人と風呂に入れるとは！

物産の販売所に行って、ぎんなんを割るものとか剣山とかきんぴらにするピーラーとかいろいろ買い、新幹線に乗って東京まで戻り、大丸でみんなでお茶とお買い物をして別れる。

チカさんの全《すべ》てが十年前の忙しくてつらかった自分を思い出させる。行動の全てが当時の私にそっくりだ。でも私よりも彼女は百倍体が強くしっかりしているので、心配はしない。それに通るべき道、登るべき山だってわかっているから。ただ、わかっているのにただ彼女を好きでいることしかできない自分がもどかしいだけだ。

あまりいっしょにデパートに行かないので、大丸でチビにガスコンロのおもちゃとレゴを買ってあげた。知らない子がいきなりチビをなぐったので、なにごとかと思ったら、自分は買ってもらえないという怒りの矛先を向けていただけであった。「カズ君、おばちゃんが買ってやろうか？」とドスのきいた声で言ったら、去って行った。

12月14日

だんだん生活のペースがつかめてきて、普通の生活がこわくなくなってきた。リハビリに二ヶ月もかかった。忙しい生活に中毒しているとはおそろしいことだ。

クリスマスプレゼントを買ってもらい、コーヒーを飲み、チビのセーターを買い、夜はベイリーくんと啓子さんととんかつ屋さんに行った。とてもおいしく、チビはめずらしくほとんど食べた。おじさんもおばさんも近所の床屋さんもベイリーくんの異様な出世に多少とまどいながらも、人として決してたじろがない上品さをもって接していて感動した。ああ、ここはこのご夫婦にとって、私たちのあの焼肉屋さんみたいなお店なんだ、と思った。そんな大事なところに連れて来てくれたことも嬉《うれ》しかった。

ベイリーくんはほんとうにヨーヨーがものすごくうまく、ベアリングがついた重いヨーヨーをヒロチンコさんがプレゼントしたら、うわさでしか知らなかった技を次々くりだしたのでびっくりした。ブランコとか犬の散歩は森先生がベアリングもない軽いヨーヨーでもさらっとやってくださったので見たことがあったが、ヨーヨーが横に登ってくるとか、一回服にひっかけてまた動くとかはＴＶでしか見たことがなかった。チビも大感動していた。

二人が交際して結婚していくのを見守っていた街とお店をあたたかい気持ちで眺めて帰った。

12月15日

フラ。全く習っていない踊りが多かったので、半見学。

自分の産休が意外に長かったのに驚く。「キモフラ」「ボーイハント」「メレアナエ」「プアリリレフア」などなど名曲をたくさんとりのがしたかも。

またもや灘本先生にばったりお会いした。おぼえていてくださった。

私は八十過ぎて、一回会っただけの作家に急にあいさつされてすぐに「ああ、ばななさん!」と思い出して笑顔になれるだろうか、もしかしてむりかもしれない。感動した。

待ちすぎたので、みんな頼みすぎてお腹《なか》ぱんぱんで帰った。

12月16日

チビのフラケイキクラス見学、永遠に見学で終わりそうだが、まあ、場の雰囲気に触れるだけでも、いいかな〜。おじょうさんたちがみんな少なくとも私よりうまいのでびっくりした。ああ、あの年齢からはじめていれば！

いつも遅刻してベーシックに出られないので罪滅ぼしに子供に交じってこっそり参加する。

クムとクリ先生の美しい肉体のいろいろな部位に触りまくるチビ、そしてフラフープで、いつもは「カレー嫌い、お野菜も苦手」とか言って決して食べないカレーを美しいオミさんが持ってきたからってがつがつ食べるチビ、カウンターに座ってカプアさんをくどくチビ。

いろいろな意味で先が思いやられた。

そして、チビたち、私たち生徒、フラフープも含め、この学校がしていることはフラだけではない、とっても大きくて強くて優しいことだなあ、と思った。

12月18日

タイラさんの参加している文化村の市場に行き、超かわいいプレゼントのお皿などいろいろ買い、実家へ行く。

そうとう具合が悪いと聞いていた母がなんとか部屋から出てきて、いやあ、ひどい状態だねえ、と言いながら乾杯したりした。それはそれで楽しかった。父もおしめをしているしその上血行が悪くよれよれだし、母はふらふらで手も震えて字も書けないとしょげているし、姉は介護疲れでがたがたなのだが、そして字面だけだと「こんなつらい日が人生に来るなんて！」みたいな感じなのだが、なんというか、全然そうではなく、ふっと笑える瞬間みたいなのがあるので、人生はいいものだな、と今夜も思った。

まず自分がいい状態になるべく足りない睡眠を補ってから行ったのもよかった。全員を軽くマッサージしてあげたが「自分も忙しいのに」とも「自分を殺してがんばらなくては」とも思わなかった。そういう気持ちで人に触るなら触らない方がいいというのはほんとうだと思う。ほんとうにうまくいくマッサージは、自分もエネルギーをもらえるのだ。

逆にそれが「与える」ということだ。

瞬間を生きる、のもほとんど同じだ。その瞬間にならないと、自分と相手のコンディションはわからない。その日その時できることは毎回実は違う。その時のベストをつくすというのが全てだと思う。

12月20日

さっきふと「カポーティとかギャツビーとかって、どうしてあんなにかしこそうなのに見た目の良い人たちには奥深さもある」っていう幻想から抜け出せなかったのかな」（だいたいひとりは実在の人物だがもうひとりは作中の人だ、この思索、意味ねえ〜！）と思った。モデルとか俳優、女優さんの中にはもちろん見た目も麗《うるわ》しく中身も奥深い人もいるのだけれど、たいていが普通の人で、異様に保守的で、どんなに酒やクスリやパーティの世界にいても、なぜか最終的には気が小さく、危ういものには近づかないような生き方になる場合が多い。死ぬ人もいるけど、あと田舎に帰ったり。店を経営して常連さんと生きたり。

でも確かに遊んでる（普通の生活をしている見た目の良い人は除外）上に見た目のすごい人っていうのは、蘭《らん》とか百合《ゆり》とかがどば〜っと咲いているようなもので、若い短い時期だけれどどうにも抗《あらが》えない芳香が漂っていて、同じ席に座っただけでぴかぴか輝いていて圧倒されるし、まあ幻想をかぶせやすい存在だからだろうな。

ここぺりに行って、あちこちをもみほぐしてもらう。蝶番《ちょうつがい》に油をさした感じになった。今日はまだ体の感覚があるほうだった。いつもこのくらいの状態で通えれば、関さんのマッサージの意味がどんどん生きてくるので、来年は改善したい。自由が丘を経由して帰ったら新しいショッピングモールで遊べてチビが大喜びだった。知っている場所が全然違うふうになっているのって、なんだか夢の中にいるみたいな感じだった。

12月21日

くろがねで根本さんとおじょうさんとすき焼きの会。

チビはりさっぴとおじょうさんの間をまっすぐに目指していた。ヤマニシくんを踏み台にして。

根本さんはチビにいっぱいプレゼントを買ってくださったが、計三台ものヘリコプターを購入し、「すぐ壊れるから」という理由で二台もチビにくれた。そして昨日おじょうさんが家に帰ったときにはもう家にあるはずのもう一台のヘリコプターの残骸《ざんがい》すらなかったという。根本さんの不明瞭な発言から真相をみなで導きだしたが、そんなことをするためにおじょうさんは弁護士になったのだろうか……。

根本さんのリクエストでその場で充電し、ヘリを飛ばしてみんなで大喜びした。ものすごくよくできているし、根本さんの家庭でなければそんなにすぐには壊れない。前に森先生が「タケコプターはもう一枚の羽根をつけて逆に回転させないと」というようなことを「あれは寒いし手が切れるから危険」の他にもおっしゃっていた気がするのだが、まさにその仕組みであった。

12月22日

チビと寒い寒い公園に行って、走り回る。

教育を引き受けるということの大変さがだんだんわかってきた。幼稚園に入れた方がずっと楽だ。まあ、仕方ない、こういう人生っていうことで。その楽しさもだんだんわかってきたし。切り上げ時をいかに自然にするかっていうことかも。

横浜にサンディー先生のライブを観《み》に行く。大好きなノンちゃんとちはるさんといっしょに座って、楽屋近くの、踊り子さんに触れそうな席で。実際にあゆむ先生が私とヒロチンコにチュウしてくれたので、ふたりとも温度が上がった。インストラクターの人たちの踊りは完成されていてすばらしかった。

この人生で、生の「スティッキーミュージック」を聴くことなんて、きっとないと思っていた（歌ってくださいと言うわけにもいかず）ので、もう、死ぬほど嬉しくて、感動して、発狂しそうになった。すばらしかった。あまりにも尊敬しすぎてもうクムとしてのサンディー先生からフラを習うなんておそれおおくてできないっていう気持ち。「ひや～、やっぱりいつも習ってるクムはあのサンディーだったんだ～！」と無邪気に思った。

昔の私に言いにいってあげたいものだ。

シンガーとしてのサンディーの歌声は、日本の大きな宝だと思う。あの声の中にはなにか特別なものが入っていると思う。あの声にこの人生、何回救われたかわからない。

12月23日

今日も今日とてフラスタジオのパーティへ。

チビを連れていったら、みんながチビをかわいがってくれたのでよかった。クムは人気がありすぎてごはんも食べられないようすなので、遠くから幸せを祈って帰った。

クムのスピーチを聞くと、いつもぐっときて涙ぐんでしまう。

帰りにいつもの店に寄ったら、チビが厨房《ちゆうぼう》を動画で激撮してきて今まで見たことのない調理人のマダムを初めて映像で見た！　衝撃！　あの人が俺たちのごはんを作っていたのか！

去年の今頃は多分のんちゃんともあっちゃんともちはるちゃんともほとんどしゃべったことがなかった。今ではとてもとても大切な人たちだ。年を重ねるとはすばらしいことだ。

12月24日

「そんなに仮面ライダーが好きでどうするの」と親に言われるたびに「大人になってもずっとずっと好きでいるからいいもん！」などと言っていた子供の頃の私に言ってやりたい。

「おまえは確かに四十二歳にもなってクリスマスに仮面ライダーカブトを見て『剣くんがかわいそうだ～』と泣いてるぞ！」

ちっともいばれないが。

サンディーを生で見ることができるよ！　という未来からの予言に比べ、なんとも情けない。

さらに「ママ泣かないで～」と三歳児になぐさめられた。

12月25日

しばらく飲まなかったらこわいくらい酒に弱くなっている～。嬉《うれ》しいやら切ないやら。長年鍛え上げて来たのに！　まあいいか、もう引退しようっと。

シカゴで毛皮のコート880000円が39000円になっていたので、お手伝いさんのMさんに買ってあげる。あまりの価格破壊になにがなんだかもうわからない。だって、ありえない、そんな値段。どんなにお金がなくなっても、下北にいたらおしゃれできるな。

12月26日

ものすごい雨の中、美女のももたさんにばったり会い、お茶して得した気持ちになった。ももたさんは輝いていた。

そしてものすごいものすごい嵐《あらし》になってきたのに、たづちゃんとゆみちゃんの肉忘年会に出かける。もはや意地になって、チビはずぶぬれで、ゆみちゃんちの近くのびーふていで肉をがんがん焼いた。帰ると言っていた陽子ちゃんまで、多少やけになって肉をがんがん食べていた。

夜中に蝶々さんの日記を一気読みしてくらくらした。すごい恋愛濃度だ。いろいろあっても男の人が去って行かないのもすごい。こんな状況でもちょっとでも愛《いと》おしく思えるって、そうとう好きなんじゃないかな、同棲《どうせい》中の彼を。普通こうなるともう生理的に嫌いになるはずだもん。情とかじゃなくて、これはかなり好きなんだと思う。

四十くらいになってから考えればいいんだろうな〜。時期だな〜。二十代後半くらいって全員がけだものだもんなあ。蝶々さんはさらけだしてるようでいて実は書いてない努力や気持ちが多そうで、男気を感じた。文学かと言われると謎《なぞ》だが、スピリチュアルな読み物か？　と言われたらうなずける。そして恋してもうどうしようもなくて出かけて行くあの夜の気持ち、そんじょそこらの小説よりはずっとうまく書いていると思う。

12月27日

加藤さんが辞めちゃうので、しんみりして一日会いに行く。入って来たときと全く同じ笑顔で、花束を抱えて帰って行った。人生の短い時期を密に共有した人。また会えるけれど、同じふうには会えない人。いっしょに仕事するってほんとうにすごいことだ。お互いに激しい性格だったのでぶつかることもあったが、結局はおおらかな、大きな学びだな、と思う。思い出がいっぱいよみがえってきて、半泣きでだらだら帰宅したら、小口さんに追い抜かれて年末のあいさつをしそこなった。ボケた日々だ。

朝からかなりしょんぼりしていたけれど、英会話に行ったらマギさんとバーニーさんが笑顔で家を片付けたりごはんの相談をしていて、心が温かくなった。ふたりとも顔が柔らかく輝いていて、今は人生のとってもいい時期なんだな、という感じがした。ああいう年の取り方をしたいなと思う。

12月28日

私「チビちゃん、もう一個食べる?」
チビ「もういいでごんさ〜、おなかいっぱいでごんさ」
お前はどこの地方の子なんだ!
姉の誕生日なのでたこ焼きを焼いて祝う。フォアグラや牛肉、チーズなどが入った豪華なたこ焼きであった。

12月29日

いきなり母が入院、1〜3月は母の体調が崩れて毎年入院するが、今年もやはり……。夕方知らせを聞いたとき、ひとりカウンターでビビン冷麵《れいめん》を食べていた(すごいライフスタイルだ)ので、タクシーに飛び乗ったとき、いちおう気を使って「今、にんにくをたくさん食べたので遠慮なく窓開けてください」と言ったら、運転手さんが待っていたかのように窓を開けだし、「前にドリアン食べた人が乗った時に比べればたいしたことない」と言われた。ちっ。そこまで言うか。

でも入院と聞いて優しく話しかけてくれたりして、いい感じだった。病院に行ったらいきなりロビーで「そうなの、息子が事故って指を切断してしまって、今から手術だって。だから今日は運転して埼玉に行けなくなっちゃったの、ごめんね、みんなによろしくね」という電話の声が耳に入ってくる。それはそうですそうです、埼玉には行けないでしょう、行かないでください、絶対！　と思いながら、ああ、病院だなあと思った。

母はわりとしっかりしていたので、ひと安心して帰った。

12月30日

高橋先輩の写真を買う。もう最高な写真、まるで絵画。額装が楽しみだ。

神様が描いた絵と言うわけでもない。秘密は「目」だと思う。人の目がなにを映しているかというのを厳密に突き詰めると先輩の写真になるのだろう。

このようなものすごいものが日本では普通には評価されず、公《おおやけ》ではなかなか目にできない。

こんなにも流行だけがある国もめずらしいだろうと思う。

少し珍しいことを言ったり聞いたりできれば、アリンコみたいに甘い汁（つまりお金）を求めて人々がやってきて小金をまわすシステムだ。

来年はもう少しまじめに日記をやろうと思った。無料で、読み続けている人のために。

写真家の人はヒロミさん倫子さんしんつぼさん藤代さん佐内くんチカシさんおじぃ高砂さんなど種類は全然違うけれど、みんなどうしてあんなに話やすいのかなあ、といつも思うんだけれど、それはやっぱり現場の人であると同時に目の人たちだからだろうな、と思う。

12月31日

ものすごい風邪がついにブレイク。

半死半生で歌子さんちに行って、キーボードをいただく。これでチビがピアノを練習するんだな。

歌子さんちは陽当たりよく植物もハッピーそうだった。セクシーな女神。自分でも自分がどんなにすてきかほんとうはわかってない無邪気な魔女。

夜はハルタさんが来て、母抜きの年越しそばだけれど淋しくなかった。ハルタさんが大好き。いつ何回会っても幸せになり、いい匂《にお》いがしてきらきらしている。おかげさまでよい年越しになった。

バランスは取れる気がします。

(2006.08.08－よしもとばなな)


「イルカ」についての質問です。

164ページで、キミコさんが電話である人にある事を告げますよね。そのひと言で、読んでいる自分の頭蓋骨の鉢がちょっとゆるむような、それまでのなんとなく読みづらかった感じが一瞬で楽になる感じがあるのです。

明らかにそのセリフからなのですが、ばななさんが意図的に何かされていますか？　文章の上でのテクニックというか。

具体的には秘密なら秘密でかまわないのです。内容がわかった上で読み直してもやはりそうだし。

催眠術師が相手の見えないところで指をならすような、何かそういう感じのことをばななさんがしているのかな～と思っての質問です。えへへ。

(2006.10.31－miomio)


それまでにどんどんキミコさんの無意識の動きを「言わなくてもいいかな」から「言わなくちゃ」というふうに、彼女を追いつめているように描写しています。

(2006.11.05－よしもとばなな)

もがく人たちのイメージで書きました。

「王国」は無神経なおばかさんの能天気な王国って感じです。

無神経なりに苦労も気づきもあるよ、っていう感じなのです。

変化は、なんといっても所帯をもったことでしょう。あの意味もなく切ない心もとなさは減りました。テーマに肉迫する力は増えました。

ちゃんと読んでもらって嬉しいです。

(2006.05.26 - よしもとばなな)


はじめまして。

先日「イルカ」を読み、ズドーンと衝撃を受け、続けて「なんくるない」を読みました。すっかりめろめろになり、ここまでやってきました。

私は23歳のOLです。両親の影響で、ベジタリアンとして生活をしています。アロマセラピーやオーラソーマにも興味があります。友人は不思議な力を持った子が何故か多いです(ちなみに私は特になんの力もありません)。

不思議な空間と、堅い職場を行ったり来たりしています。自分の居る環境は、自分自身で選んだ場所なので両方とも居心地はいいのですが……時々、疲れていたりすると不思議な感覚から戻ってこれなくなる時があります。逆に頭でっかちになっている時は、不思議な空間を否定したくなる時もあります。できればどちらにも偏りたくないです。

ばななさんはどうやってバランスを取っていますか?

(2006.08.01 - nozomi)


どっちかに偏るとまず自分が大変、楽しくない、面白くない、かたくるしくなる、などなど、自分のためだけに考えると日々ただ、相手にしてみたらいきなり大きなものからたたかれるのですから、相手の身になって考えるのはいつでも大事だと思います。

(2006.04.08－よしもとばなな)


はじめまして。

昨日「王国」を読み終わりました。まだ衝撃を受け続けている状態で、このお話を自分でどう受け止めていいか迷っている状態です。今はただ感動のような悲しみみたいなものでいっぱいです。混乱中なんですね。このような小説を書くことができて、さらに日常生活を普通に（？）営めるばななさんを尊敬します。

質問です。作者であるばななさんにとっては不快なものかも知れませんが、同じ長編であるせいか「アムリタ」を思い出し比較してしまいます。「アムリタ」は私が中学校のときに読んでもっと自分の気持や感覚を大切にしていいのだなあと教えてくれた生涯で絶対に忘れないであろう特別な本です。そして、その時からちょうど5年経った今「王国」というまた忘れられない、特別になるであろう本と出会いました。

ばななさんの独特さは全く変わりなくそこにありますが、当時と比較してばななさんの作品のいろが、変わったように感じました。よくなった、悪くなったではなく。

夜の海のような暗さから、天国のような希望の光に変わった感じです。ばななさんの中で当時と今を比較してどのような変化があったのでしょうか。ものごとの見方みたいなものが変化したのでしょうか。お答えいただけたらとても嬉しいです。

(2006.05.26－とろけるマンゴー)


とてもそうは思えないと思うけれど、「アムリタ」は闇の中でまわりの働くママは、みんなそれぞれの向き不向きを大事にしていますが、私を含め共通しているのは、子供だからといって説明を手抜きしないことだと思います。その場ではごねても、必ず聞いているし、伝わります。

(2006.02.27－よしもとばなな)


ばななさんこんにちわ。いつも作品を楽しみにしている1歳8ヶ月の子持ちの主婦です。

質問なのですが、ばななさんはこれまでチビラ君が言うことを聞かないときにたたいたことはありますか？　また親がしつけの一環としてたたくことは許されると思いますか？

私は時々頭をたたいてしまうのですが、いつもその後自己嫌悪してしまいます。子供はそのあとも笑ってまとわりついてくるので余計落ちこんでしまいます。もうたたくのはやめよう！と思いつつも、カーッとなるとたたいてしまうのです。

自分が冷静になればすむことなのかもしれません。頭ひとつはたくことも虐待なのでしょうか。もしよろしければばななさんの考えを聞かせてください。

(2006.03.28－アボガド)


ばすばすたたいていますよ。

でも血が出たり、脳しんとうになったりするほどではなく、ぺち、という程度です。そして必ず仲直りしたり説明したりします。あまりにも言うことをきかなくてばしっとぶってしまったときは、あとで理由を言ってからあやまります。

いっしょに育っているのですから、アバウトでいいのではないでしょうか。

深く考えるとおしめもおちおち換えられないです。

はじめまして。私は１歳になったばかりの男の子を持つシングルママです。

このたび就職するに伴い、息子を保育所に預けることになりました。生まれてこのかた24時間ほとんど一緒にいた彼と１日何時間も離れなくてはならないのは、やっぱり寂しくて不安でつらいです。

朝保育所に送りに行った時に、暴れ、泣き叫びながら保育士さんに抱きかかえられていく姿を見ると、たまらない気持ちになって涙が出ます。でも、他に選択肢がないので仕方がないし、そのうち慣れて平気になるのかもしれないし、一緒に過ごす時間が短くなる分、これまで以上にその時間を大切にできるはず、と出来るだけ前向きに考えるようにしています。

それで質問ですが、ばななさんが働くママとして（つまり、共に過ごす時間が限られている中で）、チビラくんとの関係において気をつけている事や大切にしている事は何ですか？

また、ばななさんの身近な働くママで、あの人はああいう風にしているよ、みたいな事があればおしえていただけませんでしょうか？　よろしくお願いします。

それでは、お体だいじにしてください。

(2006.02.14 - きり)


とにかく必死にならないことと、親がなにかをいやいややっている姿を見せないことです。これって、実際やってみるとまわりの人たちのうるさいことうるさいこと！　まるで鬼を見るように見られます。何人とこの問題で別離したかわからないほどです。でも、気が合う人は理解してくれるし、本質に絶対的な愛があるのは確かなので、つらぬこうと思っています。ハンパと親が方針であれこれ揺れるのがいちばんよくない気がします。

品のなかでおっしゃっていたのですが、ばななさんはそう思われますか？

私の友人で、そのことをとても気にしている子がいるので。彼女に何か、希望を持てる言葉をかけたいのですが、何と言ってあげればいいのか、自分ではわからないのです。

ばななさんだったら、どうされるのだろう、と思ったので、質問してみました。私としてはばななさんの肯定的、否定的なご意見どちらでも、お聞きしたいのです。

ちょっと勇気をだしてみました。お答え頂ければ幸いです。

(2005.12.24－エロイカ)


そうじて、子供を産んだことがない人、そして異性とつきあったことがない人というのはそう言われがちだと思うし、確かにそういう傾向がなくはないと思うのですが、それがどうしたのだ？　と思います。

今、リナックスを作った人の伝記を読んでいますが、つきあった女の人は奥さんが最初で、基本的に家からほとんど出ていません。日光にも当たってないです。でも、それのなにがいけないんでしょう？　犯罪もおかしてないのに？

問題はその人に罪悪感とか劣等感が育ちすぎた場合だと思います。そういうのを抱えていると、人が寄りつかなくなってしまいます。でもこんないいお友達がいるのだから、その人は奥手なだけで大丈夫です。

私の友人でとてもとてもかわいいきれいな人がいるのですが、つきあったのはだんなさんが最初で、それも二十歳すぎてからで、手をつなぐのも三年かかったとか言っていました。そういうこともあるのだと思うし、あっていいと思います。

(2006.01.11－よしもとばなな)

ばななさん、こんにちは！

「王国３」読んでます。久しぶりに素敵な本に出会ったと感謝しています。

私は、造園業に携わっており、将来、独立して自分の名前で庭が造れるようになりたいと思っています。「王国３」の高橋くんが創った庭を、もしこの世に存在するなら、是非見て、じっくり味わって、全身にインスピレーションを受けたいと強く思いました。

もしなにか、モデルにした庭、もしくは以前見て心に残っている庭などありましたら、是非教えて下さい。

(2005.12.21－まさこ)


デレク・ジャーマンの庭と、ターシャ・デューダーをなんとなくモデルにしています。すこし狂気を持っていないと、なかなかむつかしいと思います。銀色夏生さんの庭も、「王国３」を書いた後に文庫で見ましたが、すごく近いように思いました。脳の中をそのまま植物におきかえて移植した感じです。

(2006.01.11－よしもとばなな)


ばななさん、こんばんは。私は、24歳の女子です。ばななさんの作品を読むことが好きです。

質問なのです。

男の人と付き合ったことのない女の人は、どこか人間として欠けている、というようなご意見を、ある女性作家が御自分の作

Q&A

あとがき

この年は、人生ってこんなにもめまぐるしいものだったかな? と思うくらい、大きな変化がたくさんあった大切な年でした。

そして人生の中でこんなにたくさんのウルトラマンと仮面ライダーを観《み》る年ももう一生ないと思う!

ここに出てくる事務所のほとんどの人は、もういっしょに過ごせない人たち。

私のためだけにでも、記録しておいてよかったと思います。

雇用の仕方を悩みぬいた、有限会社の社長らしい一年間でもありました。

このときに「最後はひとりでもやる」という決心を固めたことで甘えがなくなり、いろいろなことが解決していきました。

人間はいくつになっても逆境によって劇的に成長できる、恐れることはないということがわかりました。

藤谷治さんが私のこの頃のことを「負のスパイラル」と呼んでいたが、さすが作家の表現、ほんとうにそうだと思います。しかもこの後、三ヶ月間も肺炎になるんだよ、私。でもその中でこそ見いだせたものもあり、今の私がこれを読むと、この不器用さ、幼さが微笑《ほほえ》ましいくらいです。

山口小夜子さんは日本女性の美と芸術の世界に偉大な功績を遺《のこ》されました。ご冥福《めいふく》をお祈りします。彼女の舞台を生前に観ることができてよかったと思います。

竹中直人さんにはついにごあいさつすることができました。でもシャイな彼は「あ、どうも！　はあ、ほんとうに、そうですね、はい」とうつむいたまま去って行ってしまった……。

体調があまり優れないのにもかかわらず、この時期をしっかりと支えてくれたのは、金島陽子さんでした。

毎日の中でも、旅行をしていても、この日々にはいつでも彼女の影がそっと寄り添っています。彼女がどれだけうちの子供のために時間を割いてくれたかと思うと、切ないほどです。彼女のことを私は勝手に親友のひとりだと思っていますし、うちの子供は彼女がいない人生なんて考えられないくらいになついています。ふたりは陽子さんにぞっこんさ、という意味から、このタイトルになりました。

陽子さんありがとう！

この文庫も今回から年一冊にリニューアル、ほんとうに日常の多くの時間を共にしている山西くん&ばななの黄金コンビになりました。山西くん、よろしくお願いします。

これまでフェミニンな色を魔法のように添えてくれた百田《ももた》さん、ありがとうございました。

サイトのデザインももうすぐ一新されますし、日記の書き方も少し変えて、いよいよ本気になってきました。

他人の日常なんて本になってまでだらだら見てもねえ、と思われる方も多いと思うのですが、次第にほんとうに意味あるものを残したい、これを持っている人が後で「得したな」と思うようなものに変えていきたい、と燃えてきました。いつ終わるかわからない日記ですが、もうしばらく見ていてください。だんだん、よいものになると思います。

俺はやるといったらやる人間だぜ！

地道な作業をいつもしっかりとやってくれる管理人の鈴やん、見守ってくださる松家さん、前任の誠実な加藤木さん、新任のスイートな古浦くん。事務所のきらきら星たち、りさっぴ、小口さん、前田くんへ。心から、ありがとうございます。

よしもとばなな

2007年9月